TAKE
SHOBO

コンティニューは3回までです!
パーティを追放されたけど、
伝説の勇者に溺愛されている賢者なので
後方支援します

クレイン

Illustration
旭炬

contents

オープニング　勇者様にパーティから追放されました！ 006
第一章　勇者様に拾われました！ 026
第二章　勇者様と婚約しました！ 069
第三章　勇者様が見つかりました！ 100
第四章　勇者様がくれたもの 181
第五章　勇者様の戦い 217
第六章　逃げる賢者と追う勇者 239
エンディング　勇者は賢者を手に入れる 263
あとがき 286

イラスト／旭炬

コンティニューは3回までです！
パーティを追放されたけど、伝説の勇者に溺愛されている賢者なので後方支援します

オープニング　勇者様にパーティから追放されました！

「カティア。お前には、今この時をもってパーティから離脱してもらう」

突然、勇者アウグスト様は私にそんなことを言った。くっきりと眉間に皺を寄せた、不機嫌そうな顔で。

「……はあ」

それに対して皆にスープを配膳している私の口から漏れたのは、そんなやる気のない返事だった。

彼の理不尽な言動は日常茶飯事だ。いちいち気にしていたら、身が保たない。

「おやまあ今度は一体何があったんです？　とりあえず冷めちゃうのでまずは食事にしましょうね。お話なら後で聞いてあげますから。ほら、坊ちゃん。人参も食べてくださいよ。ちゃんと小さめに切っておきましたからね」

「だから俺を坊ちゃんと呼ぶな……！　そして人参は小さくとも入れるなと言っただろう！」

拗ねた様子でそんなことを叫ぶアウグスト様は、サラサラの金の髪に、空色の瞳、そして完璧に左右対称な整った顔立ちをしておられ、身長もすらりと高く、その体には均整のとれたしなやかな筋肉がついている。

今日も見た目だけは間違いなく素晴らしい、親愛なる私のご主人様である。

「坊ちゃんは坊ちゃんじゃないですか」

「だから『アウグスト』と名前で呼べといつも言ってるだろうが！　そんなことよりも、今日をもってお前をこのパーティから外すからな！　わかったな！」

「はいはーい。言われなくとも配膳が終わったら席を外しますよー」

「違う。そういう意味じゃない。カティアお前、全く本気にしていないな……？」

ヘラヘラと笑って適当に対応する私に、アウグスト様は苦々しい表情でそう言った。

「……お前は足手纏いだ。ここから先の同行は許さん」

思いの外強い言葉に、ようやく私はおや、と眉を上げた。

「でも私がいなかったら皆さんの方が困るでしょう？　明日からのご飯は誰が用意するんです？」

こてんと可愛らしく小首を傾げて聞いてみれば、その場にいた全員が、そっと私から目を逸らした。

確かに私は、対魔物の戦力としては使い物にならないだろう。

なんせ私の元々の職業は、勇者であるアウグスト様の屋敷に仕えていた一介のメイドである。

だがこの勇者パーティときたら、全員が全員貴族出身だったり神殿出身だったりで、これまで他人に身の回りの面倒を世話してもらいながら生きてきた奴らばかりなのだ。

よって戦闘能力は超一流だが、どいつもこいつも生活力が皆無なのである。

勇者アウグスト様もまた、元は地方領主の息子だ。

彼ももちろん小さな時から身の回りの面倒なことを全て使用人にやらせていたから、おそらく魔法がなければ、今でも火の一つも熾せないはずである。

現在私たちが滞在している小さな村は、魔の領域に非常に近く、旅人が訪れることもまずない辺境の地にある。つまりは宿屋自体がない。

そのため私が村長に掛け合って、この空き家を一時的に借してもらい、滞在しているのだ。

そして、今日も彼らの食事の世話をしているのは私である。もちろん彼らの衣類の洗濯もこの家の掃除も全て私である。

おそらくここにいる私以外の誰一人として、家事自体をまともにしたことがないだろう。

「馬鹿にするな。俺だって料理ぐらいできる。お前がやっているのを何度も見ているからな」

確かに私が料理をしていると、アウグスト様は良く背後からその手元を覗き込んでくる。

正直なところ邪魔なのだが、なにやら楽しそうにしているので、まあいいかと放っておいたのだが。

残念ながら料理とは、見ているだけですぐに覚えられるようなものではないと思う。

ただ見ることと実際にやることは、全く違うのだ。

「そんな簡単な話じゃないと思いますよー？」

「うるさい。食べるものなどどうとでもなる」

「じゃあ今すぐどうにかしてみてくださいよ」

膨大な魔力を保持しているアウグスト様が、勇者選定の為に国王の命で故郷から王都へと旅立った時から、私は彼の希望でずっと世話役として付き従っている。

それは先述の通り、アウグスト様が一人では何もできないためだ。一人で旅立たせたら間違いなくどこぞで行き倒れるだろう。

私の尽力もあり、無事王都にたどり着いたアウグスト様は、国王から勇者として正式に認められ、王国一の騎士様と、王国一の魔法使い様、それから神殿で最も回復魔法に長けた美しき聖女様と共に、魔王討伐のため旅に出ることになった。

そして、これまたアウグスト様の強い希望により、何故か私までその旅に同行することになったのだ。

今思えばそれは英断だった。一人では何もできないのは、何もアウグスト様だけの話ではなかったのだ。

なんとパーティメンバー全員が魔物との戦闘以外、日常的なことが何にもできなかったのだから。

私がちょっと目を離した隙にあからさまな詐欺師に騙されそうになるわ、怪しげな露店でぼったくられそうになるわ、腐ったものを食べてお腹を壊すわ……ああ、そう言えば寝ぼけて魔力を暴走させて泊まっている宿の壁を吹き飛ばした、なんてこともありましたね。

まあ、そんな感じで、彼らはとにかくやたらと問題を起こすのだ。そして、その尻拭いはなぜかいつも、善良な一般市民たる私に回ってくる。

私がいなかったら、彼らのこの魔王討伐の旅は、魔王に会う前に何らかの事件に巻き込まれ終了していたことだろう。

魔物よりも人間の悪意の方が勇者パーティを苦しめるとは、なんとも皮肉な話である。

こうして旅をする間の彼らの生活面は、全て私が一手に引き受けることとなったのだ。

まあアウグスト様の父君より、旅立ちの日の前日に『愚息を頼む……！』などと涙ながらに懇願されていたし。ここまできたらメイド仕事の延長だと、自分を納得させている。

勇者であるはずのアウグスト様は、見た目と魔力と剣術こそ素晴らしいが、その中身は世間知らずで傲慢で強情で我儘で空気の読めない、とにかくどうしようもなくお子ちゃまな困った性格なのである。

どうやら勇者の適格条件に、人格は入っていないらしい。

アウグスト様が勇者だと知って、私は神様って案外適当なんだなぁとしみじみ思ったものだ。

だが、その父君であるラウアヴァータ子爵は、使用人の目から見ても尊敬できる方だ。

堅実に領地経営をしておられるし、息子と違い理不尽な言動もない。

それどころか、私のような下々のものにまで細やかに気を配ってくださる、素晴らしい方だ。

――まあ、馬鹿息子（アウグスト様）のせいで、いつもストレスによる胃痛に苦しんでおられたけど。

そんなわけで、食事の世話から泊まる場所の確保、その地に住む人々との交流や情報収集、お金の管理等々、彼らの旅のおはようからおやすみまでの裏方のほとんどを、私が担っているのである。

大体私がいなくなったら、彼らはどうやって魔王城まで行くのだろうか。

彼らは生まれた時から行きたい場所があるならそこまで使用人たちが馬車で送ってくれるという、優雅な生活をしていたため、全員まともに地図も読めないのだ。

なんせ地図を広げても、そもそもまず己の現在位置がわからない。

このままでは魔王と対峙（たいじ）する前に迷子になって遭難などという、笑えない事態になってしまう。

つまり、私がこのパーティから外れることによる弊害は、なにも食事面のことだけの話ではないのだ。

「私がいないと、これから先の行程、ちょっと厳しいですよね」

だから私には戦闘では役立たずでも、それなりに彼らの役に立っているという自負があった。

「別にお前なんかいなくとも、どうとでもなる」

――それなのに、これまでの私の勇者パーティへの貢献を、アウグスト様はそんな言葉で切り捨てた。

　自分の努力を否定されたようで、流石にカチンときた私は、そこでようやくスープの鍋から顔を上げて彼を睨(にら)みつけた。

「お前の旅はここで終わりだ。カティア。これ以上俺たちについてこようとするのなら、お前に拘束魔法をかけて、転移魔法でラウアヴァータ子爵領へと送り返す」

　だがすでにこれは決定事項なのだろう。思ったよりアウグスト様の目は、静かに凪(な)いでいた。

　――ああ、ここまでか、と思う。

　この目をしている時の彼は、私が何を言おうが何をしようが、自分の意志を曲げることは決してない。とても我の強い方なのだ。

　私がここでこのパーティを外れることは、彼の中でもう覆(くつがえ)らない決定事項だろう。

　私は諦めて小さく息を吐いた。

「…………どうして、こんなにも突然？」

「この前の戦闘で死にかけたのは誰だ。正直言ってお前はもう邪魔でしかない」

　確かに私はこの前、彼らの戦闘中に流れた魔物の攻撃を受けてしまい、死にかけたのだった。

　私は化け物染みた戦闘力を持つ他のメンバーと違って、ごく普通の人間である。

　よってこんな魔王のお膝元にいる上級魔族の攻撃など、掠(かす)るだけでも致命傷である。

「弱すぎるお前がいると、集中して戦えない。目障りだ」

「…………」

言いたいことはわかるが、いくらなんでももう少し言い方を考えてほしい。

でも駄々をこねて抵抗したところで、アウグスト様が本気になれば、私にはどうすることもできない。

結局は彼の裁定を受け入れるしかないのだ。

「悪いけれど、あなたとはここでお別れよ。カティア」

私が黙り込み唇を噛み締めていると、さらに追い討ちをかけるように、パーティメンバーの一人、聖女ミルヴァ様がアウグスト様に擦り寄って、まるでに見せつけるかのように愛おしげに彼の肩に自らの頬を寄せた。

――まるで恋人同士であるかのように。

「…………そういう、ことですか」

私はアウグスト様の使用人であり、幼なじみであり。

――そして驚くべきことに、婚約者でもあった。

他の女は面倒だからお前でいい、などという消去法の極みみたいな酷い理由で、私は彼の婚約者となった。

一応は嫁入り前なのであまり大きな声では言えないが、婚約者ということで私とアウグスト様はすでに体の関係もある。

なんせアウグスト様は、性欲もやたらと強いのだ。これも勇者補正か。

おかげで私は婚約してすぐに、がっつり彼に手を出されてしまったのだった。

つまり目の前のこの一幕は、そういった意味でも私が用済みであることを示すためであろうか。

聖女が手に入ったから、とりあえずの婚約者だった私は、もういらなくなったという。

ちなみに彼は、昨夜も当然のように私を自分の寝台に引き摺り込んで、散々欲を満たしていたのだが。

「……………なるほど」

この状況から鑑みるに、それは「別れる前に一発やらせろ」などと宣う最低男の行動そのものではないかということに、今更ながら私は気付いてしまった。

道理で昨夜は、やたらとしつこかったわけである。

さらにはそこまでやっておいて、同時進行で聖女様にまで手を出していたということだろうか。

そうだとしたら、これまたクズの極み、そして素晴らしい体力である。

さすがは勇者様。神から与えられた能力をこれ以上なく無駄に使っている。

残念ながら彼とは違い、ごく一般的な体力しか保持していない私は、昨日の彼のご無体のせいで、寝不足な上に、未だに下腹部と股関節に違和感が残っているというのに。

「うわあ、最低ですねぇ」

思わずうっかり心の声が口からダダ漏れてしまった。その上その言葉はしっかりアウグスト様

に聞こえたらしい。彼の眉間に思いっきり皺が寄った。

「……そんなことはどうでもいい。お前はこの村に残れ」

「つまりミルヴァ様が手に入ったから、私はもういらない、ということでよろしいですか？」

そんな酷い扱いをされても、一応は女々しくそんなことを聞いてしまったのは、やっぱりアウグスト様が私にとってあまりにも特別な存在だったからで。

――そしてこれは、私の最後の温情でもあった。

するとそこで初めて、アウグスト様は罪悪感の滲んだ表情をした。

「…………ああ、そうだ。お前はもう不要だ。だからここにおいていく」

まるで自らに言い聞かすような彼の言葉に、私は悲しげな顔を作って、俯きながら震える小さな声で答えた。

「……わかりました」

「この家は好きに使っていいと、村長が言っていた。魔王を討伐した帰りに拾ってやるから、すべてが終わるまで大人しくここで待っていろ。……今すぐ帰りたいのであれば、ラウアヴァータ領まで転移魔法で送ってやる」

「結構です。魔王との戦いを前に、無駄な魔力を使わないでください」

『魔力』は人生において、誰しも使える量が決まっている。

人は生まれた落ちた時に保有していた魔力を、一生をかけて少しずつ消費しながら生きていくのだ。

生まれつき与えられる魔力量にはもちろん個人差があって、一生かかっても使い切れないような膨大な量を持って生まれる人もいれば、小さな火を指先に宿すだけで尽きてしまう人もいる。

そして一度使ってしまった魔力は補給されることなく、二度と戻ってはこない。

残念ながらこの世界における魔力はゲームの類とは違い、一晩宿屋で眠ったら全回復、薬を飲んだら全回復などという都合の良いものではないのだ。現実とは、かくも厳しい。

己の所有魔力を空になるまで使ってしまえば、それ以降は一生魔法を使えなくなってしまう。

すると魔力至上主義者たちから『空人間』と蔑まれる状態になる。

誰しもそうなる可能性があるというのに、魔力のない人間に人々の目は冷たい。

身勝手なものだと思う。魔力の有無で人の価値を決めるなんて。

よって人は魔力を出し惜しむ。勇者であるアウグスト様は生まれつき規格外の膨大な魔力を持っているけれど、それでも使ってしまえば使った分、確実に保有する魔力の総量は減ってしまうのだ。

そして転移魔法は、多くの魔力を使用する。これから魔王と戦うというのに、とてもではないがそんなことはさせられない。

私とアウグスト様の故郷、緑豊かなラウアヴァータ子爵領は、ここから遥か遠い場所にある。

転移魔法に使用される魔力はその距離に比例する。私をラウアヴァータへ送るには結構な魔力が必要となるはずだ。

だから私は、転移魔法をかけるというアウグスト様の提案を断った。

どうせ途中で放逐するのなら、徒歩で帰れるような範囲の、もっと早い段階でしてくださればよかったのに。

――――まあ、そんなことはできなかったのだろうけど。

私は肺の中身を全て出し切るように、深く大きな息を吐いた。

「だが……」

「だってもう私はいらないのでしょう？　お捨てになるのでしょう？　ならば私は、もうあなたのものじゃありません。放っておいてください」

きっぱりと決別を言い渡して、それから私は晴れやかに笑う。あえて見せつけてやるように。

「いやぁ、これでもう面倒な坊ちゃんのお守りをしなくて良いのだと思うと、清々しますね！」

私の率直な言葉に、アウグスト様が愕然とする。

血の気が引いて、真っ青な顔色。そんな顔は、初めて見た。

パーティメンバーたちの顔も、盛大に引き攣っている。

だがまあ、これくらいの意趣返しはさせてほしい。彼の言動に慣れているとはいえ、私にだって多少は傷付く心があるのだ。

「だってほら。拾ってもらった御恩がありましたから。私、これまで坊ちゃんのためにかなり頑張ってきたと思うんですよねぇ。でもこれでようやくお役御免だと思うと、感慨深いですー」

「…………！」

魔物に襲われた村から命からがら逃げ出して、飢えてボロボロの状態で道端に落ちていた、いつ死んでもおかしくない、幼かった私。

死にたくなくて、その前を偶然通りがかったアウグスト様の脚に、必死にしがみついた。

突然自分の脚から離れなくなったそんな薄汚い子供を、アウグスト様は非常に嫌そうな顔をしつつも拾ってくれた。

そして彼はいつも、お前を拾ったのは俺だからと、私をまるで自分の所有物のように扱っていたのだ。

「もちろん私たちの婚約も、これにてすっきり解消ということでよろしいですね！」

ちなみに私との婚約は、アウグスト様本人の手により、知らぬ間に私をどこぞの男爵家の養女にして、父であるラウアヴァータ子爵に勝手に話を通し、かなり強引に結ばれたものだったりする。

女避けだとか、他の女は面倒だとか、何やら色々と適当な理由をつけて。

挙げ句の果てに、婚約したんだから別にいいだろうと、結婚前からなかなか強引に、私にあんなことやこんなことをしているわけで。

――――あれ？　冷静に考えたらこの人、やっぱり相当な屑なのではなかろうか。

一応は結婚を前提にしているから、ちゃんと責任を取るつもりだったのだろうけれど。

「え？　いや、ちょっと待て、カティア」

アウグスト様が、虚を突かれたような顔をし、それから慌てて言い募る。

まさかこの状態で、婚約だけはそのままだと思っているのだろうか。

「いやぁ良かった良かった！　やっぱり身分差のある結婚なんて、するものじゃないですもんね！　坊ちゃんもやっと目が覚めたようでなによりです！」

魔王討伐に旅立つ前、謁見した国王陛下の、大臣の、その場にいる全ての貴族たちの、勇者の婚約者として紹介された私を見る、冷ややかな目を思い出す。

幼馴染（おさななじみ）とはいえ、平民で、使用人である女を婚約者にする。

おそらくは皆様、勇者の若気の至りであるとでも思っていたのだろう。

私では彼に「釣り合わない」と思っていることが、手にとるようにわかった。

私たちは元々身分が全然違う。貴賤（きせん）結婚など、田舎のラウアヴァータですらあまり良い顔をされなかったのに、王都ではさらにありえない話だったようだ。

それにアウグスト様が魔王討伐に成功すれば、彼には相応の名誉が与えられ、高位の爵位が叙爵され、さらにこんな結婚は絶対に許されない立場になるだろう。

もしかしたら英雄として、王女殿下の降嫁すらありえる。国は彼を抱き込みたいだろうから。

そしておそらく私は、なんらかの方法で排除、処分されることになるに違いない。

どちらにせよ、アウグスト様によって強引に結ばれたこの婚約の解消は、時間の問題だったのだ。

だから、これはむしろ良い切っ掛けなのかもしれない。

残念ながら私の純潔はとうにアウグスト様に奪われてしまったが、そもそも貴族と違って庶民はそこまで女性の貞操は重視されていない。

再婚も再々婚も普通にあるくらいだから、まあ私の人生においてもそれほどの影響はないだろう。

そのうち、同じ階級の素敵な旦那様が見つかるかもしれない。

「というわけで、私の貞操は魔王討伐の餞（はなむけ）ということにしてさしあげます！　責任云々（うんぬん）に関してももう一切お気になさらず！」

楽しそうに私が事細かく説明してやれば、アウグスト様はこの世の終わりのような顔をした。

そんな世にも珍しい彼の情けない表情を、私は堪能する。

「ミルヴァ様！　アウグスト様を引き受けてくださってありがとうございますー！　いやあもう超絶傲慢でわがままで自己中心的主義者で言葉の足りない死ぬほど面倒くさい屑の類ですけども、きっと根はそう悪くないと思うんですよ！　多分ですけど！」

私はミルヴァ様の手を握りしめ、ぶんぶんと振った。

そんな屑を押し付けられたミルヴァ様の顔が、盛大に引き攣っている。

「それではもう二度とお会いすることもないと思いますが、皆様お元気でー！　是非魔王を倒してこの世界に平和を取り戻してくださいね！」

ニコニコとスッキリした顔で幸せそうに笑う私。さらに絶望を深めた顔をするアウグスト様。

どうしたらいいのか分からず呆然（ぼうぜん）とするパーティ面々。

まさに混沌（カオス）である。

それから私は食事もそこそこに、勇者御一行（ごいっこう）をこの家から追い出す。

そして村の外へと向かって、とぼとぼと力なく歩いていく彼らを窓から見つめながら、私は愚かな主人を想（おも）う。

「……本当に、お馬鹿さんね」

私が心配だったのなら、素直にただ一言、そう言えば良いのだ。

足手纏いだの邪魔だのと言った挙句に、してもいない浮気を匂わせる前に。

アウグスト様とミルヴァ様がそんな関係じゃないことなんて、分かりきっている。

アウグスト様は残念ながら、そんな器用な人ではない。

ただ、そこまでしても絶対に、私をパーティから外し、ここに置いていきたかったんだろう。

ちゃんとわかっている。なんせかれこれ十年以上彼の側にいるのだから。

「でもね。わかってもらえない場合だってあるのよ」

何度も教えたはずだった。伝えたいことを間違えてはいけないと。

――それなのにこのザマである。

己の教育の敗北を、これでもかと突きつけられてしまった。私は少々切ない気持ちになる。

アウグスト様の傲慢で意地っ張りな気質を直そうと、彼の使用人として、婚約者として、地道に努力してきたつもりだが、誠に遺憾だ。

まあ、人の人格を矯正しようと考えること自体、おこがましいことなのかもしれないが。

先ほどのアウグスト様の絶望に満ちた顔を思い出し、私は思わず小さく吹き出す。

あの顔は傑作だった。自尊心の高い彼のあんな顔を見られただけも、かなり溜飲が下がってしまった。

これを機に少しは反省するといい。一度口から吐いてしまった言葉は戻らない。決して、戻らないのだ。

たとえそれが、私を危険から遠ざけるための方便だったとしても。

「……まったくもう。毎度のことながら、もっと他に言い方があるでしょうに」

何もかも全く隠せていない。私を出し抜こうなんて、三十年早い。

彼らの姿が見えなくなると、私は一つ大きな溜息を吐いて立ち上がる。

それから彼らが滞在時に散らかしっぱなしにした部屋の掃除をしたり、ずっと読みたかった本を読んだりと久しぶりにゆっくりした時間を過ごした。

なんせいつも手のかかる彼らの世話をしていたから、自分の自由な時間などこれまでほとんどなかったのだ。うん。これはこれでいい。うっかり満喫してしまった。いずれは飽きてしまいそうだけれど。

「さて。そろそろかしら」

やがて、アウグスト様たちが偵察魔法の届かない範囲まで離れたことを察し、私はしおりを挟んでから本を閉じて、椅子から立ち上がる。

当初の予定からは随分と狂ってしまったが、仕方がない。ここからできることをするまでだ。

私は家から出ると、体に魔力を巡らせてから手を空へと向け、小さな声で呪文を唱える。

するとどこからか一羽の綺麗(きれい)な小鳥が現れて、その指先にとまった。

「ねえ、可愛い子。悪いけれど、あなたの目と意識とその存在を、ちょっと貸してちょうだいね」

私の魔力を込めた命令に、ピイっと小さく鳴いて応えると、小鳥はまた飛び立った。

それから私は家の中に戻ると、また小さなオンボロの椅子に座り、そっと体の中を流れる魔力を研ぎ澄ませる。

きっと勇者パーティの面々は、私が魔法を使えること自体を知らないだろう。

なんせ私は日頃魔力を一般人と大差ないレベルにまで抑え込んでおり、また彼らの前で一度たりとも魔法を使ったことがないのだから。

勇者であるアウグスト様や、魔法使いのエミリオ様であっても、私の中の魔力を察知することは難しいだろう。それほどまでに、私の魔力制御は完璧だ。

ただ私は攻撃魔法や回復魔法は使えないから、やはり戦闘時には役に立てないだろうけど。

意識を、己の魔力を植え付けた小鳥へと飛ばす。

そして私は、人ではあり得ない空からの広い視界を得る。

しばらくすると借りた小鳥の目に、何やら表情の死んだアウグスト様と、呆れた顔をした面々が映る。

彼らは力なく、魔の領域へ向かって歩いていた。本来、人間ならば忌避すべき方向へと。

私は小鳥の体で、察知されない程度に離れて、戦地へと向かう彼らを尾行する。

悪いけれど私はアウグスト様の望み通り、この村で大人しく彼らの帰りを待つつもりなど、毛頭なかった。


——だって私は、アウグスト様の死のその瞬間に、必ず彼の傍にいなくてはならないのだから。

第一章　勇者様に拾われました！

「……ところで、火ってどうやって熾すんだ？」

村を出てから数刻。陽が落ちて、これ以上は進めないと判断したのだろう。

野営をしようと勇者パーティは足を止めて、各々準備を始めた。

だが道すがらせっせと集め、積み上げた薪を前にしたアウグスト様のその問いに、答えられる者は誰もいなかった。

小鳥の目を借りながらその様子を見ていた私は、思わず小さく吹き出してしまう。

やはりそこから躓いてしまったようだ。

確かに野営の準備はいつも、ほとんど私がしていたのだった。

彼らは戦闘で疲れているだろうからと一人で抱え込んで、手伝ってもらうこともなかった。

「あー……。確かカティアは、火打ち石を使ってたぞ」

騎士オルヴォ様が答えた。彼は勇ましい巨躯を誇る、気がつくといつも筋トレをしている気のいいお兄ちゃんである。

ちなみに一見、器用そうに見える彼もまた伯爵家の嫡男であり、やはり生活力は皆無だ。

非力でどこもかしこも小さな私のことを心配し、よくその大きな手でわしわしと頭を撫（な）でてくれたことを思い出す。

今思うと完全に近所の子供扱いである。きっと彼は、実は私がアウグスト様とそんなに歳（とし）が変わらない淑女（レディ）だということを、お忘れになっている気がする。

ちなみにその際に使用していた火打ち石は、残念ながら今現在私の鞄（かばん）の中だ。つまり彼らには私と同じ方法で火を熾すことはできない。

「僕がやりますよ。そんなの簡単じゃないですか」

魔法使いのエミリオ様が、偉そうにそう言って、その手にある杖（つえ）を小さく振った。

すると杖の先から豪炎が巻き起こり、皆で道すがら集めた薪を焼き尽くした。

「…………」

まるでキャンプファイヤーのような有様に、私は頭を抱える。

エミリオ様は強大な魔力を持った天才少年であるが、いまいち魔力出力の細かな制御（コントロール）が苦手なのだ。

ちなみに彼も侯爵家の末息子らしく、我儘で甘えん坊な十四歳。よってもちろん生活力はない。

どうしよう。思った以上に彼らの行く末が不安だ。私は手を出してしまいたくてたまらない。

もちろん追いかけて彼らの前に姿を現したら最後、今度こそ拘束魔法をかけられて故郷へ強制送還だろうから、そんなことはできないけれど。

「ちょっとエミリオ！　一体何やってんのよ！　信じられない！　馬鹿じゃないの⁉」

自分が手ずから一生懸命に集めた薪を一瞬で消し炭にされた聖女、ミルヴァ様は怒りで顔を赤くして叫んだ。

今日も元気で感情的（ヒストリック）な聖女様である。

外見は華奢（きゃしゃ）な肢体に銀の髪に薄青の目をした、これぞ聖女様といった感じの麗しい美女だが、中身は元気溌剌（はつらつ）としたお姉さんだ。

ちなみに同じ華奢でも私とは違い、彼女の胸はちゃんと大きい。解せない。

ふっくらと神官服を持ち上げるその膨らみを恨めしく見つめる。何故神はこうも人間に平等ではないのか。

残念ながら男性が十人いたら、十人が私ではなくミルヴァ様を選ぶだろう。

まあ、百人いたら数人くらいは私を選んでくれるかもしれない。あえて成熟した女性を好まない特殊性癖の方々とかもいるしね。

だから正直なところ、本当にアウグスト様に心変わりされても、仕方がないなあと思ってしまう自分がいる。

彼らは薪を集め直し、試行錯誤を繰り返し、しばらくしてなんとかエミリオ様が火力を押さえて魔法を発動させ、火を熾すことに成功した。

――普段の十倍近い時間と労力をかけて、ようやく。

そんな彼らの様子を、私はハラハラしながらも、若干ワクワクして見守る。

まるで小さな子供の初めての挑戦を、固唾を呑んで見つめている親のような気持ちだ。

本来こういった覗き見行為はよろしくないのだろうが、目を離した隙に彼らの居場所がわからなくなってしまったら困るので、仕方がない。露見してしまった時には謝ろう。

「……不味い」

そんな彼らの血と汗と涙の結晶である焚き火の前で、干し肉と乾パンを齧りながらアウグスト様がぼやく。

同じようにその場にいた皆も、噛みきれないそれらを必死に咀嚼しながら俯いた。

もしそこに私がいたならば、干し肉は手早く簡単なスープにしていただろう。乾パンを浸して、ふやかしながら食べられるようにと。

貧しいご飯は、心をも貧しくするものだ。

ご飯の時間なのにちっとも嬉しそうじゃない彼らが、何やら可哀想になってきてしまった。

捨てられたくせにそんなことを思う私は、やはり相当甘い人間な気がするけれど。

「……カティアがいたら良かったのにな」

エミリオ様がぽつりとつぶやいた。このメンバーの中で一番年若い彼は、一番堪え性がない。

味気ない食事に耐えられず、早々に私の不在を嘆いた。

「仕方がないでしょ。アウグストが彼女をパーティから外すって決めたんだから。それに確かにあの子がいたら、私たちだって全力で戦えないわ。やっぱりどう考えたって足手纏いなのよ」

ミルヴァ様の言葉は率直で、そして正しい。私が足手纏いであることは、誰よりも私自身が良くわかっていた。

だがそれ以上に、彼らのそばを離れられない理由があっただけだ。

だから邪魔だとわかっていて、無様だとわかっていて、それでもなんとか彼らにとって有用な人間であることをアピールして、そのそばにいられるようにと足掻（あが）いていたのだ。

まあ、結局はダメだったけれど。

「……あの村が、カティアを安全にパーティから外すことができる、最後の機会だった。そのことはお前だってわかっているんだろう？」

オルヴァ様の言葉に、エミリオ様が俯く。

「村から先は、完全に魔王の支配下。魔の領域だ。人もほとんど住んでいない上に、一気に魔物たちも強くなる。悪いが戦闘中、カティアを気遣って守ってやれる余裕は、もう俺らにはないんだよ。……あの子を死なせるわけにはいかないだろうが」

しようと思えば勇者一行は、私のことを見殺しにすることだってできるはずだった。

私は所詮、無力な平民だ。死なせたところで彼らにはなんの咎（とが）もない。

――――けれど、彼らはそうはしなかった。

きっと私をパーティから外すことは、彼らの良心による総意だったのだろう。

アウグスト様は彼らの会話には加わらず、ただモグモグと口を動かしている。

いつもだったらこんな不味いもの食えるか、などと私にギャアギャア文句を言っている頃合だ。

けれど私がいないから、仕方なく不満を呑み込んで大人しく食べている。

そんな彼を、私は不思議な気持ちで眺めていた。

どうやら私の前以外では、彼は案外物静かな人のようだ。先ほどからほとんど喋っていない。

「それにしてもアウグスト。お前どうすんだ。カティアのやつ、完璧にお前のことをなんとも思ってないじゃないか」

ニヤニヤと笑うオルヴァ様に揶揄うように言われて、硬い干し肉をようやく嚥下することに成功し、乾パンを口に運ぼうとしていたアウグスト様の手が止まる。

「そうねえ。あなた恋しさに追いかけてこられたから困るからと、まるで私と関係があるように匂わしてみたけれど、清々しいほどに『どうでもいい』って感じだったわよね」

聖女ミルヴァ様からもそんな追い討ちをかけられ、アウグスト様は俯く。

パーティ離脱の際の、まるでアウグスト様と関係を持ったかのようなミルヴァ様の行動は、やはり私を確実にパーティから離脱させるための茶番だったようだ。

「驚いてはいたけれど、カティアったら全く気にしてなかったし、むしろ喜んでたわ。……だったらわざわざあんなことする必要なかったわね」

まあ、正直なところ私もアウグスト様にそこまでの器用さがないことをわかっていて、騙されたふりをしていたのだけれど。

「………カティアが俺を男として見ていないことくらい、わかっている」

苦々しい表情でぽつりと吐き出された言葉は、酷く、切なく響いた。

そんなことはない……とは思うのだが、まあ確かに彼のことを手の掛かる弟のように思っていたことは、否めない。

「流石にあの横柄な態度で男として好きになってもらおうだなんて、烏滸がましいわよね。少なくともその自覚があるようで何よりだわ」

ミルヴァ様の更なる会心の一撃が、アウグスト様に華麗に入った。

アウグスト様はぐうの音も出ないようだ。唇を噛み締めている。

「パーティを組んだ最初の頃、私、実はあなたのことを密かに狙っていたのだけれど。カティアに対する言動で一気に冷めたもの」

その場にいるアウグスト様以外の全員が同意し、うんうんと頷いている。

アウグスト様の擁護は皆無である。血が滲みそうなほどに、強く噛み締められた唇が痛そうだ。

私はこの後に及んで、彼のことが哀れになってしまった。

確かに彼の言動はひたすらに屑だが、まあ、実のところ不器用なだけじゃないかなあと私は思っている。別れの際にミルヴァ様に言ったように、根は悪い人ではないのだ。多分。

仕方がないと甘やかし、これまで彼の言動を許容してしまっていた私にも、問題があったのだろう。

それにしても野心的なミルヴァ様が脱聖女を目指し、アウグスト様を狙っていることは知っていた。

『密かに』どころじゃなく、当初、彼女はかなりあからさまだったからだ。

ことあるごとに話しかけたり、たまにボディタッチをしたり。

それに対してアウグスト様は常に冷たく、まるで興味がなさそうだった。

こんなに綺麗な人に迫られても、何にも感じないのかと驚いたものだ。

もしかしたら私のように凹凸（おうとつ）の少ない女性の方が、彼の好みなのかもしれない。

人の好みは千差万別である。

それはともかくとして、ミルヴァ様はかなり切実だったはずだ。

聖女や神官としての資質を認められた貧しい家庭の子供は、物心つくかつかないかくらいの年齢で、多額の金員と引き換えに親から引き離されて、神殿で清く正しく育てられることとなる。

そして長じたのちは神殿のために無償で働かせられ、使える魔力が残りわずかとなったところで、魔力保有量の多い子供が欲しい貴族などに、多額の喜捨と引き換えに出荷される。

もちろん正妻としてではなく、子供を産むためだけの妾（めかけ）、道具として買われるのだ。

あまりにも人権を無視した所業である。この話を聞いた時、神の名の下であれば、人間はどんな残酷なことも許されると思っているのだと知って、私は心底震えた。

そして、それを恐れる若き聖女たちは、密かに脱聖女を目指すという。

男性とやることをやってしまえば、聖女として不適格とされ、神殿から放逐される。つまりは自由になれる。

だからこそ、聖女たちは脱聖女のための竿（さお）役、もとい、良き恋人、良き夫を捕まえようと必死なのである。

ちなみに、やることをやったからといって、実際のところ別に聖女としての能力がなくなるわけではないらしい。

そりゃそうだ。たかが性的経験の有無などで、体や魂に重篤（じゅうとく）な何かが起きるなんておかしいだろう。

おそらく遠い昔に神殿にいた、初物好きな偉い方々が勝手に決めた、くだらない規則（ルール）なんだろうなぁなどと、不謹慎なことを考えていたりする。

天におわす神様は、わざわざそんなくだらないことを気にしちゃいまい。

そんなわけで、聖女たちは狩猟者（ハンター）なのである。

聖女のはずが、むしろその仕組みのせいで男性に対し奔放になるという、二律背反。

淫乱聖女様とか男性向けの創作で喜ばれそうな設定ではあるが。そんな生易しい話ではない。

聖女にとっては切実な問題であり、そして必死になる問題なのだ。自分の尊厳を守るために。

そんな聖女にとって、確かに勇者は竿役……ではなくて恋愛相手として最適だろう。

過去の勇者様も、魔王討伐成功後、聖女と結ばれた方は結構多い。

確か今の王家も初代国王は元勇者様で、王妃は元聖女様だったはずだ。

だから、憧れもあったんだろう。初めて会った頃、確かにミルヴァ様はアウグスト様に夢中だった。

私が彼の婚約者だと知ったときは、非常に冷たい目で睨みつけてきたし。

それなのに、もうとっくにアウグスト様を見限っていたとは知らなかった。

言われてみれば、最近では彼女からアウグスト様への接触が、随分と減っていたような気がする。

アウグスト様の私に対する態度は、とてもではないが女性に対する態度ではない。

そんな切実な状況にあっても、ミルヴァ様が彼を選ばないくらいには。

私は長年の付き合いで慣れてしまって大してなんとも思わないけれど、普通は引いてしまうものなのだろう。

「……この旅が終わったら、ドゲザをして謝る」

「ドゲザ?」

「なんでもカティアが生まれた村の、最上位の謝罪の形だと聞いた。膝と頭を地につけて詫びるらしい」

それは誤解である。相変わらずどうでもいいことは、しっかり覚えているお方である。

「確かにそれは屈辱的だな……」

その様子を想像したのであろう、オルヴァ様が眉を顰める。

「そのドゲザをして、なんとか許してもらって、絆されたところを一気に結婚に持ち込む。カティアはちょろ……情に脆いから、言いくるめればなんとかなるだろうと踏んでいる」

なるほど。彼にそう思われていたのかと、流石の私も少々腹立たしく思った。

それを聞いたその場にいる皆様の目が、明らかに「そういうところだよ」と言っている。

いやまあ、なんとなくちょろいと思われているんだろうな、とは自覚していたけれども。

しかし、本当にこれ、知らない方が幸せな情報だ。

知らなかったらうっかり喜んで、あっさり受け入れてしまったかもしれない。

「さらにカティアは子供好きで面倒見がいいからな。……孕ませてしまえばもう逃げないだろう」

アウグスト様が昏い笑みを浮かべながら、そんなことを宣う。

これはまた、完全にアウトな案件である。私は震え上がった。

なるほど、道理でこれまでアウグスト様が全く避妊をする気配がなかったわけである。

そもそも彼は私を孕ませる気満々だったのだ。そして、それによるパーティからの脱落も狙っていたのかもしれない。

流石に大きなお腹では、旅を続けることはできないだろうから。

うっかりただの無責任なクズ男だと思っていた。まさかそんな計画的なクズだったなんて。

まあどちらにしろ、クズであることには変わりがないのだけれど。

もちろん私の方でこっそりと避妊魔法を使っていたから、彼の思惑通りの事態にはならなかった。自衛は大事である。

アウグスト様のクズい独白に、パーティメンバー全員の顔が、盛大に引き攣っている。

「……カティアなら、あなたと別れても、すぐに新しい男を見つけそうなものだけれど」

むしろそうであってくれ、と言わんばかりの表情でミルヴァ様が言った。

この方、実は結構良識のある人なのではなかろうか。私はこれまでの認識を少々改める。

「フッ。カティアを残したあの村に、若い男がいないことはしっかりと確認済みだ。……それでもし他の男がくっついていたら、どんな手段を使ってでも引き離して取り返すだけだ。カティアは俺のものだからな」

アウグスト様がそんな恐ろしいことを、これまた淀(よど)んだ昏い目で呟(つぶや)いた。

明らかに言動が勇者のものではない。どちらかと言うと悪役とか魔族の台詞である。

確かに彼の能力を持ってすれば、それは容易(たやす)いことだろう。

そして人は、それを『ヤンデレ』と呼ぶ。私はまたしても恐怖で震え上がった。

憎からず思われているとは思っていた。だが、まさかここまで拗(こじ)らせていたとは思わなかった。

これまであなたにそんな要素ありましたっけ？

ちょっとした意趣返しのつもりで多少虐めてみたら、うっかり開けてはいけない箱を開けてしまった感がひしひしとする。

「……だったらもっとカティアを大切にしろ！　このバカが！」

騎士オルヴァ様のもっともな一言に、メンバーは一様にこくこくと大きく頷いた。アウグスト様はまた俯く。

「俺だってそうしたい。だが、カティアを前にすると何故か上手く言葉が出ない……」

「思春期か‼　お前いくつだよ！」

もっと言ってやってください、オルヴァ様。私は拍手喝采しそうになった。因みに彼は二十歳です。思春期はとうに終わっています。

「本当にどうしてそんなことになるんだ……？」

そして年齢的に思春期真っ盛りのはずのエミリオ様も、若干憐れみを含んだ目で、アウグスト様を見やる。

ミルヴァ様に至っては、まるで毛虫でも見るような蔑んだ目で、アウグスト様を見ている。

「……多分、出会いが良くなかったんだと思う」

するとアウグスト様は、拗ねた顔で言い訳を始めた。

「……へえ、どんな出会いだったんだ？」

それを聞いた全員が、何故か俄然と身を乗り出して、わくわくとアウグスト様の言葉を待つ。

どうやら皆様、他人の恋愛話を聞くのがお好きなタイプらしい。

少々逡巡（しゅんじゅん）した後、アウグスト様は渋々ながら口を開いた。

「カティアの生まれ育った村は、魔物の群れに襲われて彼女以外全滅したらしい。当時六歳だったカティアは命からがらその村からラウアヴァータの街まで必死に逃げてきて、飢えた状態で道端に転がっていた」

それを聞いた皆の顔が、痛ましげに歪（ゆが）む。そんな彼らの同情を、嬉（うれ）しく思う。

――本当に、良い人たちなのだ。ただ生活力がないだけで。

世の中には同情をされたくないという人も、確かにいるだろう。だが私は、人の同情をありがたく思う浅ましい人間だ。

可哀想と言われれば、素直に喜ぶ。だって辛い境遇が、少しでも報われた気がするから。

アウグスト様は当時のことを思い出すように目を伏せる。少し微笑（ほほえ）んで見えるのは気のせいだろうか。

「その前を偶然通りがかったら、突然脚にしがみつかれた。そして助けてくれたらなんでもする、と縋（すが）って泣くから拾ってやった」

やはり気のせいだった。今日もいつものアウグスト様である。

「……………」

「そしてその言葉通りに、これまでカティアに色々とやらせてきたわけだが」

「本当に、一体どこまでクズなのお前⁉」

思わず、といった体でオルヴァ様が怒鳴った。私も彼の言葉に頭を抱えてしまう。

だからそういう露悪的な物言いはやめろと、いつも嗜めていたのに。

きっと皆が考えているほど、私はアウグスト様から酷いことはされていないのだが。

「……別にいいだろう？　拾った時からカティアは俺のものだ。俺の好きにして何が悪い」

それでも完全に、彼の所有物扱いであることは否めない。

実際に私は、その条件で彼に拾ってもらったのだから、仕方がないかな、とも思うけれど。

アウグスト様の所有物としての日々は、そう悪いものではなかった。

――――私はずっと、自分の存在意義が欲しかった。生きるための名目が欲しかった。

だから彼のための日々は、とても分かりやすく私の存在を許してくれた。

まあ、そんな長年続いた主従関係も、先ほど終わりを告げてしまったわけだけれど。

さて、この時点でうっすらとお気付きの方もいらっしゃるだろうが、私、カティア・クロヴァーラは所謂異世界転生者というヤツである。

かつては地球という名の青い惑星の、日本という小さな島国で生まれ育ち、そして死んだ魂だ。

そんな私が前世の記憶を思い出したのは、惨劇の中だった。

この世界で新たに生まれ直した私は、クロヴァーラという名の、なんとも奇妙な村で生まれ育った。

その村は深い森の奥にあって、中心部には大きな祭壇があり、百人足らずの人々が身を寄せ合って、自給自足をしながら質素に暮らしていた。

他の村との交流もなく、ただひたすら住民の生命活動と近親婚による繁殖、および魔法の研究を繰り返すだけの、時の止まった美しく狂った場所。

その村への出入りは何故か厳しく管理されていて、他の場所から人が入ることも、他の場所へ出ていくことも許されなかった。

そこで生まれた人間は、生後すぐに神から与えられた保有魔力量を測定され、その量によって、与えられる環境、役割を定められていた。

住民たちは総じて魔力が多く、皆、綺麗な琥珀色（こはくいろ）の目をしていた。

魔力を使うとその琥珀の目は、美しい金色に輝くのだ。

けれども私は残念なことに、瞳こそ皆と同じ琥珀色をしていたが、この村で生まれた人間にしては随分と保有する魔力量が少なかった。

度重なる近親交配のせいか、この村では子供が生まれにくく、両親の間には私しか子供ができなかった。

彼らがたった一人の子である私に失望していることは、幼心にも察せられた。

この村では魔力が、魔法が全ての基準なのだ。

だから魔力保有量の少ない私は、生まれた時からまともな教育も受けられず、一生この村で下働きをするだけの人生が定められていた。

他の子供たちが魔力の使い方を学んでいる時、私は小さな手で洗濯をしていた。

他の子供たちがこの村の使命を説かれている時、私は腰をかがめて畑仕事をしていた。

魔力の少ない子供は、単純な労働力にしかなりえないと考えられていたから。

同じ村の子供でありながら、魔力量によって酷い待遇差があった。

仕方がない。クロヴァーラの血を引きながら、さしたる魔力を持たずに生まれてきた自分が悪いのだ。

私は自らにそう言い聞かせながら、毎日一生懸命働いていた。

魔力はなくとも、みんなの役に立てれば、いつかは自分の居場所ができると思ったのだ。


――けれどそんなある日、この村は突然魔物に襲われた。


魔物は大群で押し寄せ、魔力ある村人たちを食い荒らした。

必死に皆は抵抗したけれど、あまりにも多勢に無勢だった。

どうやら魔物たちは、保有魔力の多い人間を中心に狙い、襲いかかっているらしい。

この村を襲う魔物たちは統率されており、明確な意思を持って動いていた。

これまで魔物の類には、知性はないものと考えられていたのに。

隠れても逃げても、持っている高い魔力のせいで居場所を察知されて、村人たちは次々に食い殺されていった。

「……だから魔力の少ないこの子だけは、助かるかもしれないわ」

小さな家の中で、母が私を抱きしめて、震えながらそう言った。

母からこんな風に抱きしめられるのは、随分と久しぶりのことだった。

「尊きクロヴァーラの血を、絶やすわけにはいかない。……カティア。お前も、一応はクロヴァーラの血を受け継いでいることには変わらないからな」

父は、苦々しい顔をしてそう言った。

まさか保有魔力が少ないことが役に立つなんてと。

「いい？　カティア。ここで大人しくしているのよ」

そう言って父と母は、子供一人が身を縮こまらせてやっと入れる程度の広さの、小さな地下収納の中に私を押し込めて隠した。

「生き残ることができたら、勇者様を探しなさい。そして彼を教え導きなさい。それが我が一族の使命であり、そして悲願なのだから。あなたは私たちの希望よ」

そんな風にして彼らは、突然出来損ないの私に、この村の使命の全てを背負わせて、収納の蓋を閉めた。

今思えば、実に都合の良い身勝手な話だ。魔力の少ない私を疎み、あらゆる知識や機会を与えなかったくせに。

私しかいなくなったら、その全てを押し付け私の肩に背負わせた。

言われた通り、明かりのない真っ暗な世界の中で私は大人しくしていた。

どんな扱いを受けていても、やっぱり死ぬのは嫌だったから。

やがて間近で怒号や悲鳴、何かの獣のような咆哮（ほうこう）が聞こえてきて。

私はブルブル震えながら両耳を塞ぎ、ひたすら時間が経（た）つのを待った。

ようやく喧騒（けんそう）が遠のき、周囲が静まった頃。私は恐る恐る、隠れていた収納から抜け出し。

――そして、目の前に広がる惨状に、絶望した。

魔物に襲われ燃えゆく村。足元に転がるのは、赤い何か。

魔物たちに食い荒らされたのだろう。そこら中に転がる遺体は、人の形をしていなかった。

肉塊では、父と母の見分けもつかない。

「ぐぅ……！」

私は跪（ひざまず）き、その場に胃の中のものを全て嘔吐（おうと）した。

ここは、深い森の奥。神の末裔との謂れのあるクロヴァーラ族の隠れ里。

勇者を見出し、導き、共に戦う賢者を作り出すための、製造場所。

そのせいでこの度復活した魔王に、真っ先に狙われて滅ぼされた。


けれどそんなことも、当時の私にはわからなかった。だって私は何も与えられなかったから。

「お母さん……お父さん……」

無力な子供は蹲り、ただ、泣くことしかできなかった。

周囲には、人間の遺体以上に魔物の死骸が転がっている。クロヴァーラ族は強大な魔力を持ったものが多く、一人一人の戦闘能力は高い。

きっと村人たちは、神の末裔であることを矜持に、最後まで必死に抵抗し戦ったのだろう。

どうやら魔物たちも手勢の多くを失い、生き残りの確認もせずに撤退したようだ。

そのおかげで私だけは助かった。

結局この村で生き残ったのが、この出来損ない一人とは、なんとも皮肉な話である。

それでももし魔物たちがこの場に戻ってきたら、あっという間に自分もその肉塊の仲間入りだろう。

生きたい。死にたくない。――――けれど、一体どうしたらいいのか。

小さな私は絶望した。

おそらくはこの時に、小さな私(カティア)の心は、一度死んでしまったのだろうと思う。

神の末裔であり、使命を背負ったクロヴァーラ族のたった一人の生き残りである私は、当時僅か六歳。

この年齢でこの状況から生き残り、大人になるのは難しい。

だが、私が死ねばクロヴァーラの民が全滅してしまう。

――おそらくこの世界の神も、それは困ると思ったのだろう。

「う……あ……？　あああああっ！」

だからこそ記憶を思い出したのだ。いや、正しくは、思い出させられたのだ。

最後のクロヴァーラの血を守るため。そして、我らが使命を果たさせるため。


ここではない世界で生まれ、死んだ、前世の記憶を。


突然物凄(ものすご)い量の情報が、小さな幼い頭の中に一気に流れ込んできて、私は絶叫した。

それは大して面白くもない一人の女の人生の記憶。

さしたる能力もなければ、経験もない。ごく凡庸な魂。

だがそれでも六歳の子供の意識よりはマシだろうと、神はお考えになられたようだ。

「ああ、あああ。……って、え……？　マジで？」

自らの口から漏れた、か細く幼い声に私は衝撃を受ける。

見下ろした、荒れた手は紅葉のように小さい。

「い、い、異世界……転生……？」

凄惨な光景を見渡した私は、愕然としつつも呟く。

こうして見た目は幼児、心はとっくに成人済みという。

――いわゆる高齢幼女（ロリババア）が爆誕してしまったのだ。

もちろんこの世界に生きていた小さな私（カティア）の記憶も、私の中にちゃんと残っていた。

カティアの体を乗っ取ったのではなく、二つの意識が融合した、といった方が正しいのだろう。

それにしてもまさかの異世界転生である。漫画に小説、果てはアニメまで、それを題材にした作品は前世世界において溢（あふ）れ返っていた。

私自身も生前何作かは嗜（たしな）んでいたが、それが我が身に起こるとは。

赤ちゃんスタートではないだけ、まだマシといったところだろうか。

けれども初っ端（しょっぱな）から生まれ育った村が魔物に襲われ燃えるという、この状況。なんというハードなスタートだろうか。

「嘘（うそ）でしょ……。ハードモードにも程がある……！」

いくらなんでももう少し、異世界転生特典があって然（しか）るべきではないだろうか。

今だからこそそんなアホなことを神様に訴えられるが、当時は混乱の極みであった。

だが、そんな中でも私は、ちゃんとやるべきことはわかっていた。

「ここから、逃げなきゃ……」

きっと幼児の精神のままであれば、私は恐怖と罪悪感でこの場から動けなくなっていたことだろう。

そして必死に、両親の遺体を探そうとしたことだろう。

だけどもう私の心は大人だった。だから早々に諦めをつけることができた。

たった六歳の非力な幼児ボディで、魔物たちが戻ってくる前に、散らばった遺体を集め埋葬することなど、到底不可能であると冷静に割り切ることができたのだ。

――一刻も早く、ここから逃げなくてはならない。

私にできるのは、精々生き延びることくらいだと、大人の心の私が判断を下した。

後ろ髪を引かれながらも歯を食いしばり、踵を返す。一方の幼い心が悲鳴をあげる。

だって小さなカティアの記憶は、悲しみと苦しみは、ちゃんと私の中にあったのだ。

たとえ愛されていなくとも、失望されていようとも、確かに彼らは私の親であったし、こんな独善と偏見に満ち溢れた村であっても、ここはカティアの全世界だったのだ。

(ごめんなさい、ごめんなさい、ごめんなさい……!)

私は泣きながら、必死に足を動かした。

『――勇者様を探しなさい』

それが父と母が、私を隠す際に言い渡した言葉だった。そうだ、私は死ぬわけにはいかない。

両親の最後の願いを、ここにいた全てのクロヴァーラの民の願いを、繋げることができるのは、
もう私しか残されていないのだ。

「勇者様を、探さなきゃ……」

なんとしても勇者の元へ行かなければならない。そんな驚くほどの渇望が沸き起こった。

先代勇者に滅ぼされたはずの魔王は、今まさに復活を遂げた。

魔物たちがこうして凶暴化し、人間を襲い始めたのがその証拠。

そして私たち人間が、それらの存在に抵抗するための、唯一の手段は。


――魔王が復活する時、勇者もまた現れる。


どういった理由かは知らないが、それがこの世界の神が作り上げた仕組みだ。

神の血を引くクロヴァーラの民として、勇者を見つけ、共に戦わねばならない。

たった六歳で、小さな私は、呪いのようにその意識を刷り込まれていた。

おそらくそれは、流れる血によってクロヴァーラの民にだけ植え付けられた、本能のようなものなのだろう。

何度も何度もその仕組みを繰り返して、この世界は、人間は、その存在を守られている。

そして、どうしてもやらなければならない使命(ノルマ)があるという状態は、私の生来の生真面目な性(しょう)に非常に合っていた。

「やるっきゃないでしょ……」

他に何も考えなくていい。機械のように、与えられた命令を、淡々と正しくこなせばいい。

わかりやすい明確な目的は、私の心を僅かながら軽くした。

頭の中にある、これまで感じたことのない感覚に導かれるように、私は歩いた。

何故か私には、漠然とではあるが向かうべき場所がわかっていた。

その方向に、確かに光を感じるのだ。何らかの熱を感じるのだ。

それがきっと、勇者様のいる方向なのだろう。

どうやら使命と同様に、勇者を探すための羅針盤(コンパス)のようなものが、私の中にあらかじめ組み込まれていたようだ。

おそらくそれもまた、この身に流れるという神の血がなせる業か。

――――やはり私は、神の道具なのだ。

クロヴァーラ族の村があった森から抜けるのは、大人でも骨が折れる。

何度も力尽き、しゃがみ込み、気絶するように休みながらも、私はひたすら歩き続けた。

やがてなんとか森を抜け、広がる草原を歩き、小さな町へと辿(たど)り着いた。

ここまで魔物にも獣にも襲われることもなく、無事でいられたのは、奇跡だった。

言うならば、それこそ神の思(おぼ)し召(め)しというやつなのだろう。

その後も勇者の気配を辿(たど)りつつ、私は幼い身で旅を続けた。

お腹が空いたら物乞いをした。魔王が復活したとはいえ、当時の世界はまだ平和だったから、道端の腹を空(す)かせた哀れな子供に施しをする余裕が、人々にはあった。

私は金の使い方も、人の頼り方も知っていた。

もちろんそんなことができるのは、私に宿る精神が大人のものだったからだ。

だって、子供が一人でも生き抜く術(すべ)を得るために、私は前世の記憶を取り戻したのだから。

旅の途中、私を引き取りたいという人間も現れたが、私は断り逃げた。

幼い子供を拐(かどわ)かし、売り払う輩(やから)がいることも、私は知っていた。

善意か悪意かを見極められないのなら、その選択肢自体から逃げた方がいい。

それもまた、私が大人だからこそ知っていることだ。くだらないことに時間や体力をとられている余裕はない。

なんせ、私には使命があるのだ。亡き両親や滅びた一族から押し付けられた、大切な使命が。

私の命はそのためだけにあるのだと思い込んだ。他に生きるための理由を考えることが億劫(おっくう)だったからかもしれない。

これまた今にして思えば、少々——いや、かなり痛々しい思考回路であったと思う。

見えないものに縋らなければならないほど、私は追い詰められていたのだろう。

あまりにハードな環境と、自分だけが生き残ってしまったという、妙な罪悪感。

もしかしたらそんな私の精神にも、こっそりと神の介入があったのかもしれない。

どれほど歩き続けたのか。数日のような気もするし、一ヶ月以上の気もする。

時間の感覚がどんどん鈍くなり、曖昧になっていた。何をしていたかもよく覚えていない。それほどまでに私は必死だったのだろう。

そして勇者様の気配が一際強くなったある街で、私はとうとう力尽きた。

もう、幼く小さな体は限界だった。たとえ大人の意識を持っていたとしても、肉体の機能まで大人になったわけではない。

――――もう動けないと、石畳の道端に倒れ、空を見上げる。

（せっかくここまできたのになぁ……。結局死ぬのかぁ……）

そう思ったら涙が溢れてきた。やっぱり人生なんて、頑張っても報われやしないのだ。

（誰か、助けてくれないかなぁ……）

取り留めもなく、そんなことを思った。でも道端に転がる小汚い子供など、きっと誰も助けはしないだろう。

（綺麗な、場所……）

それにしても、ここは綺麗な街だ。今まで見てきたどんな街よりも。

白で統一された石造りの建物が並んでおり、その窓辺には色とりどりの花が飾られている。

花なんて腹の膨れないものに金や手間をかけられるのは、ここに住む人々にゆとりがある証拠だ。

前世においてテレビの旅番組で見た、ヨーロッパの街並みのようだ。

そもそもこうして道が石できちんと舗装されているだけでも、他の街とは全く違う。

これまで見てきた道は、剥(む)き出しの地面か、せいぜいが砂利が敷かれているだけだった。

だからだろう。余計に汚い自分が、異分子のように浮き上がって見える気がする。

照りつける太陽の光が私を苛(さいな)み、容赦なく残り僅かな体力をも奪っていく。

そのままぼうっとしていると、突然目の前を歩いていた小さな子供の足が立ち止まった。

獣脂で磨かれた、綺麗な皮靴を履いている。きっと良いところのお坊ちゃんなのだろう。

「坊ちゃん。どうしました?」

その周囲には彼の護衛なのか、はたまたお目付役なのか、成人男性が数人一緒に歩いていた。

「――おい。お前、死んでいるのか?」

偉そうな声が上から降ってきた。私はゆっくりと視線を上げる。

「…………っ」

するとそこには、驚くほど綺麗な顔をした少年がいた。

陽を受けて輝く金の髪に、雲ひとつない空のような色の瞳。まるで宗教画の天使のように整った、美しい中性的な顔立ち。

ただただ眼福である。だが、そんなことよりも。

(――――いた。本当にいた)

見上げた彼の背中には、美しい光のオーラが見えた。きらきら、きらきらと。

(勇者様だぁ……!)

ああ、探していた。探していたのだ。彼のことを。

――――ずっとずっと。もしかしたら、生まれる前から。

私の心が歓喜で満ち溢れて、さらに涙が溢れ出した。

「う、うわぁぁぁん……!」

私はナメクジのようにずりずりと這いずって彼に近づくと、その脚にしがみついて泣いた。

本当は大人のくせに、馬鹿みたいに泣いた。

勇者はいた。ちゃんといたのだ。亡き父や母の言う通り。


――――私は、やり遂げたのだ。


「うわあ! 汚い! 触るな!!」

だがその勇者様は残念なことに、大層性格が悪かった。

「いきなりなんなんだよお前! 離れろって!」

脚にしがみついた私を振り落とそうと、彼は脚を大きく振った。

それで私は、一気に正気に戻った。

——あれ？　勇者様って普通は、私みたいな哀れで弱き者を助けるんじゃないの？

ここはしゃがみこんで「君？　大丈夫かい？」なんて優しい言葉をかけてくれる場面じゃないの？

想定していた反応と、随分違うんですけど。

だが私は、負けじと彼の脚に必死にしがみついた。逃すわけにはいかない。

もうここで彼に拾ってもらえなかったら、使命どころか、私の人生そのものが詰んでしまう。

勇者様の性格など後回しだ。己の自尊心もまた後回しだ。私はなりふり構わず泣き叫んだ。

「死にたくないですぅぅぅ！　助けてくださいぃぃぃぃ！　なんでもしますからぁぁぁ！」

ぼろぼろ涙を零しながら、私は彼の、その晴れ渡る空のような瞳を必死で見上げた。

すると勇者様は僅かに目を見開き、私をじっと見つめ、それから片方の口角を上げて嗜虐的に笑った。

背筋に、何かが走った。多分、悪寒とか怖気とか、そういった類のものだ。

「……ほう。本当になんでもするんだな？」

その時、別の意味で何かが詰んだ気がした。だが追い詰められた私に、選択肢は残されていなかった。

「はい！　なんでもします！　喜んで！」

完全に前世で学生時代にやっていた居酒屋のバイトのノリで、私は答えた。

「おいお前、名前は？」

「はい！　カティアと申します！」

「ふん。それなら拾ってやろう。その代わり、今日からお前は俺のものだ。カティア」

そして彼に拾ってもらった私は、その日から、彼のものになったのだ。


「……そこでその台詞が出てくる神経が、本気でわからねえ」

オルヴァ様が呻くように言った。だがアウグスト様は表情一つ変えずに言った。

「何もかもが俺の思い通りになる存在が欲しかったんだ。俺の命令をなんでも聞く、絶対に裏切らない従順な存在が」

その場に重い沈黙が走る。言いたいことはわかるよみんな！　クズすぎて困っちゃうよね！

「カティアは俺の望み通り、口では文句を言いつつも、俺の命令をなんでも聞いた。嬉しかった」

多分私は、勇者様に絶対服従するように、神によって設定されているのだろう。

アウグスト様の命令に従うことは、それほど苦ではなかった。

「……ちょっと私、このパーティから脱退していいかしら？」

ミルヴァ様が、心底軽蔑した目でアウグスト様を見て言い捨てた。

うーん。それもわかる。でも残念なことに、この世界を救えるのはこの人だけなんだ。まいったね。

「でも今思えば、俺はあの時からカティアのことが好きだったんだろう」

――おや。なんだか突然、謎の超展開が起きましたね。

どうやら私と全く同じことを思ったのだろう。皆がポカンと理解不能な存在を見るような目で、アウグスト様を見ている。

「俺をまっすぐに見つめる大きな琥珀色の瞳が印象的で。気がついたら魅入られていた。これは俺のものだと、強く思った。――つまり俺は、あの時カティアに恋に落ちたんだと思う」

アウグスト様は僅かに頬を緩め、懐かしそうに目を細めながら、一目惚れを告白した。

そんな話は初めて聞きました。アウグスト様ったら、当時まだ八歳だったはずなんですけれども。随分とおませさんですね。

残念ながら私には、アウグスト様がボロボロの私を見て、何やら楽しげに嗜虐的に笑っておられたという記憶しかないのですが。

「……なるほど。お前、一応ちゃんとカティアのことを好きなんだな。大分頭がおかしいだけで」

どうやらそのようですね。もちろん私もたった今、初めてご本人の口からお聞きしましたけども。

オルヴァ様をはじめとするパーティメンバーは、アウグスト様を怯えたような目で見ている。

うん。その気持ちもよくわかる。理解不能なものって、なんだか怖いよね。ホラーだよね。

「カティアに運命を感じたんだ。俺にはコイツだけだって」

多分それは、勇者と賢者の絆（きずな）というか祝福というか。いっそ呪（のろ）いのようなもので。

でも、特別な関係であることは確かだ。

しかも恋愛感情よりもずっと複雑で、そして強固なものだろう。

何も知らなかったら、確かにそれを恋愛感情だと誤認するかもしれない。

「……だからあいつだけは、俺が何をしても許してくれると、そう思っていたんだ」

「本当に、馬鹿じゃないの。カティアの心が石でできているとでも思っていたの？」

「…………」

「痛みには慣れるかもしれない。でも傷は傷として、ちゃんと変わらない深さで残っているものよ」

ミルヴァ様の言葉に、私は泣きそうになった。本当に惚（ほ）れてしまう。

でもその一方で、アウグスト様を庇（かば）いたくなる自分がいた。

確かに話だけを聞くならば、アウグスト様は相当な人でなしだろう。

でもあの時アウグスト様は、ちゃんと約束通り私を拾って、屋敷に連れ帰ってくれた。

メイドさんにお願いして私を綺麗に洗ってくれて、綺麗な服も着せてくれた。

そして、お腹いっぱいご飯を食べさせてくれた。

これまでもアウグスト様の数多（あまた）の奇行には慣れていたとはいえ、突然汚らしい子供を拾ってきた息子に、当初旦那様は頭を抱えておられた。

だけど、生まれた村が魔物に襲われ、両親を喪ってここまで一人必死に逃げてきたのだと、私が泣きながら切々と身の上話をすれば、いたく同情したお人好しな旦那様は一緒に泣いてくれて、アウグスト様の遊び相手として、私をお屋敷に置いてくださった。

そしてそれ以降、アウグスト様は私を常に側に置いた。

アウグスト様は、出会い当初の言葉通り、私にたくさんの命令をした。

『お前は痩せすぎだ。見苦しいからもっと食べろ』

アウグスト様はそう言って、常に自分と共に食事を摂るように私に命じ、自分と全く同じ内容の食事を私に与えた。

本来使用人である私が領主家族と同席し、同じ食事を摂るなんて明らかにおかしいのに、彼は必ず私を自分の食事に付き合わせた。

恐縮したものの、飢えていた私は抗えなかった。

おかげで痩せっぽちだった私は、彼と同じ贅沢なご飯を食べて、すくすくと年相応まではいかないまでも、それなりの大きさに育った。

まあ、時折彼の皿にある人参が、こっそりと私の皿に移される事はあったけれど。

それでも好き嫌いなくなんでも食べる私と共に食事を摂ることで、わずかながらも恥ずかしいという思いが湧いたのか、彼はその後随分と偏食が減った。

後に旦那様や料理人に、非常に感謝されてしまった。

それでも相変わらず人参だけは、今でもどうしても苦手なままのようだが。

『お前が一緒に受けるなら、講義を真面目に受けてやってもいい』

さらにアウグスト様はそう言って、自分に与えられた貴族としての教育を、ともに受けさせることで私にも与えてくれた。

おかげで私は平民でありながら、貴族の高等教育を受けることができた。

この世界のことを知りたくて、必死に講師の話を聞く私に影響されたのか、アウグスト様はそれまでかなりの割合でサボっていた講義を、真面目にちゃんと受けるようになった。

これについてもまた、旦那様や講師に非常に感謝されてしまった。

まあ、天気の良い日なんかは、『講義の内容を覚えておけ。そして後で俺に教えろ』などと言って、うとうとと居眠りされていたけれど。

色々と受けた講義の中でも、とりわけ魔法について学ぶことができたのは、大きかった。

生まれ育った村では、魔力が少ないことを理由に、私は何も教えてもらえなかったからだ。

「まずは保有魔力量を調べてみましょうか?」

そう言って魔術講師が渡してくれた水晶玉を両手に乗せれば、それは白い光を発した。

「おや、なかなかの魔力量ですね。魔術師とはいかなくても、それなりに魔力を使用する職業にも就けそうですよ」

そんな風に講師から褒められ、私は驚いた。あの村ではあんなにも無能扱いされていたのに。

村の外では、むしろ私は魔力が多い方だという。

きっとあの村の人々が異常に魔力を保有していた、ということなのだろう。

「えへへ……ありがとうございます！」

生まれ育った村が滅ぼされたことは悲しいけれど、私はこうして外の世界に出ることができて良かったのだろうと思う。

今でもあの狭い世界に閉じ込められ続けていたらと思うと、寒気がする。

「特に魔力の癖もありませんね。得意な属性がない代わりに、苦手な属性もないでしょう。覚えるのなら、特定の属性があると扱い辛い無属性の使役魔法や召喚魔法、探索魔法などを身につけると良いかもしれませんね」

なるほど、いずれは失せ物探しの探偵業などで生計を立てるのも、いいかもしれない。

私は講師の持っている教科書を覗き込む。すると彼は無属性の呪文が並んでいるページを開き私に渡してくれた。

一つ一つその項目を読んでいって、私はふと、ある魔法に目を留めた。

「……時魔法？　魔力で時間を操れるんですか？」

「おや、面白いものを見つけましたね。かつて偉大なる大魔術師が生み出した魔法と言われています。ですが消費魔力が規格外に多く、その大魔術師であっても瞬きほどの時間を戻すので限界だったとか」

「へえ、おもしろそうですね！」

「ですがカティア。あなたは一般よりも若干多めに魔力を保有しているとはいえ、それらは使えば使っただけなくなります。特にこの時魔法はとんでもない量の魔力を消費するため、使用するような愚か者はおりません。間違ってもふざけて使おうとしてはいけませんよ。あっという間に魔力が枯渇しますからね」

「はーい」

そして私は講師に貸してもらった魔術書を一生懸命読む。そんな私の様子を、周囲のみんなが微笑ましく見つめてくれる。

かつて暮らしていたあの村では、父の魔術書を広げようものなら、魔力の少ないお前がそんなものを読んでどうするんだと嘲笑され、取り上げられていた。

だから今に至るまで、私に魔法の知識はほとんどなかったのだ。

ありとあらゆる魔法に特化した賢者の一族。クロヴァーラの村。

魔術知識が記された本が、村の中心にあった共有の書庫に数多く保管されていた。

けれど勿体(もったい)ないことに、それらは全て魔物の襲来と共に焼かれてしまった。

せめて私にもその魔術書を読むことを許してくれていたのなら。たとえ僅かながらでも私の中で彼らが生み出した魔術が、失われずにすんだかもしれないのに。

結局彼らの膨大な知識の集大成は、儚くも全て灰になった。

それらのために費やされたであろう年月や労力、そして犠牲を思うと、なにやら胸が苦しくなる。大いなる損失だ。

きっとこの時魔法についてもなんらかの情報があったかもしれないのに、なんて残念に思う。

時魔法は全世界の時間を巻き戻してしまうから、多大な魔力を使ってしまうのだ。

世界に干渉する、となると確かにそれはもう神の領域だろう。人が手を出してはいけないものだ。

けれど誰しも人は、何かしらの後悔を背負って生きているものだ。

戻りたい過去に戻れるなんて、これ以上なく都合の良い話なのだが。

「ではアウグスト様も、こちらを」

私が魔術書を読んでいる間に、今度はアウグスト様が水晶玉を渡された。

面倒そうに彼はその水晶玉を受け取り、そして。

「うわ！」

その水晶玉は、彼の手の上で一気にヒビが入って砕け散った。

「……測定、不能……のようですね」

講師が、呆然と呟いた。水晶玉はどうやらアウグスト様の持つ膨大な魔力に耐えきれず、砕け散ってしまったようだ。

まあ、曲がりなりにも勇者だしね、と私は大して驚きもせずに熱心に手元の魔術書を読み耽っていたのだが、周りは大騒ぎになった。

「アウグスト様！　素晴らしい魔力量です！　このような田舎で眠らせておくなどもったいない……！　あなたは是非王都でその力を発揮すべきです！」

講師はアウグスト様を絶賛し、王都の魔術師学校へ行くようにスカウトしたのだが、「面倒臭いから嫌だ」という理由であっさりと断られていた。

まあ、なんせ面倒臭がりのアウグスト様だしね。仕方がない。

ただ自分が膨大な魔力を持っているという事実は、随分と彼の虚栄心を満たしたらしく、魔法の勉強はそれなりに真面目に取り組むようになった。

ちなみにそんなアウグスト様は剣術も大好きだ。身体能力が非常に高く、やはり講師がいつも絶賛してくれるからだろう。

褒められることが大好きな彼は、毎日一生懸命練習に励んでいる。

そして私は「俺の格好良い姿を見るがいい。そして心を込めて応援しろ」という彼の命令で、いつもその修行の様子を最初から最後まで見て、応援しなければならなかった。

「きゃー！　坊ちゃん！　格好良いですぅー！」

わざとらしく高い声を上げて適当に応援すれば、アウグスト様は怒ったような、けれども少しだけ嬉しそうな可愛らしい顔をするので、とても眼福である。

彼のこういうわかりやすいところは、とても良いと思う。まるで子供に対するように頭を撫でてやりたくなってしまう。

『遊びに行くぞ。荷物持ちとしてお前も連れて行ってやる』

その上アウグスト様はそう言って、やはり遊びに出かける時も常に私を連れて行った。

だから私は、アウグスト様に与えられたもの全てを、同じように受け取ることができた。

口ではそんなことを言いながらも、結局彼は軽い荷物だけを私に渡し、決して重い荷物を持たせるような真似(まね)はしなかった。

そしてアウグスト様は私に色々な遊びを教えてくれた。おかげで私は使用人でありながら、ちゃんと子供らしい時間も過ごすことができたように思う。

実のところ、その中身はとうに成人女性だったわけだが。

まあ、子供と同じ目線で物事を楽しめてしまうのは、私の前世からの特技なので問題ない。

その際、私が見かねて止めたり叱ったり泣いたりするからか、彼は危険な遊びや度を超えた悪戯なんかはあまりしなくなった。

もちろんこれについても、旦那様や講師、使用人たちに非常に感謝されてしまった。

「お前は本当に面倒臭い奴だな」

注意をするたびに文句を言いながらも、アウグスト様は私が本気で嫌がることは、決してしないのだ。

確かに、所有物のように扱われていたことは疑いようがないが、私は彼から尊厳を奪われるような真似はされなかった。

　アウグスト様は良い意味で口だけの男であり、彼から私が与えられたものは、一介の使用人が許される範疇を超えていた。

　そして、周囲から私のそんな高待遇に対し不満が上がらぬよう、アウグスト様はそれら全てを、自分のわがままであり、命令だという形にしていたのではないか……と思う。

　――本当にそこまで考えていたかどうかは、実のところ確信は持てないけれど。

　ただ間違いなく彼の私に対する酷い言動のおかげで、私は誰からも妬まれることなく、日々我儘な坊ちゃんに振り回されている、不憫な使用人という立ち位置にいることができた。

　だからこそ私は、周囲から憐れまれることはあっても、その厚遇に対しやっかまれることもなく過ごすことができたと思う。

　そしてそれまで散々アウグスト様に手を焼いていた旦那様や教育係、使用人たちは、そんな私の存在を、ありがたがってくれた。

　私さえ与えておけば、アウグスト様はそんなに問題行動を起こさないということが、判明したからだ。

　そのため彼らは、さらに私をアウグスト様のお側にいるように仕向けた。

　ちょっと生贄じみているが、人に頼られるのが好きな私はつい調子に乗った。

　皆の期待に応え、問題児だったアウグスト様をなんとか更生させようと、時に褒め、時に嗜め、共に過ごしてきたのだ。

前世での職業もあって、私は子供の世話が好きだった。

まあ、肉体だけならばアウグスト様とはたった二歳違いで、さらに私が年下だったわけだが。

実際には私の中身は、とっくに三十歳を超えていたわけで。

彼のわがままなど、私の目には年相応の可愛いらしいものとしか映らなかった。だからそう腹が立つこともなかった。

そんなふうに妙に年上ぶって嫌がらずにアウグスト様の側にいる私は、屋敷の方々にとって彼の遊び相手兼お世話係に最適だったのだろう。

そして、子爵邸に来てからのほとんどの時間を、私はアウグスト様と過ごすことになった。

アウグスト様は私の、子爵邸における居場所であったのだ。

傲慢で露悪的な態度を取るアウグスト様。諾々とそんな彼の言いなりになっている体の私。

わがままなご主人様と、それに振り回される不憫な使用人。

そんな風にして、私たちの関係性は出来上がってしまった。

そして、互いの間に一度作られてしまった枠は、なかなか外すことはできなかった。

――私とアウグスト様は、そのままの関係で長い時間を共に過ごすこととなったのだ。

第二章　勇者様と婚約しました！

「なるほど。そういう設定をあらかじめ作ってしまったから、そこから抜け出せなくなったというわけか」

オルヴァ様が深いため息を吐いた。良かった。どうやら少しはアウグスト様に情状酌量の余地があったらしい。

人との関係性を変えるのは、難しい。私も面倒でこれまでずっと放置してしまった。

「……それでカティアが十七になった時。カティアを嫁にもらいたいとかいう、ふざけた奴が現れて」

アウグスト様が憎々しげに言った。私は驚いた。それはまた初耳である。

前世を含めても、これまで男性にモテた試しなど、一度もなかったというのに。

話を聞くに、どうやらそのお相手は屋敷に出入りしていた商人の息子さんらしい。

なんでも屋敷内をコマネズミのように走り回って働いている私を見て気に入って、旦那様に縁談を申し入れたようだ。

確かにそろそろ年齢的に、結婚の話が出てくる頃だった。商人の跡取り息子との結婚とくれば、一介の平民のメイドにとってそう悪い話ではない。むしろ、かなりの良縁だった。

だが私のところにその話がくる前に、うっかり旦那様が私の結婚について、どうだとアウグスト様にお伺いを立ててしまい、それを聞いたアウグスト様は、怒り狂ってその縁談を握り潰したらしい。

道理でその後、息子さんの姿を屋敷で見かけなくなったわけである。

それから後も私に来た縁談は、私の元に届く前に全てアウグスト様が勝手に断っていたようだ。

「いやいや、ふざけてるのはお前だろうが」

オルヴァ様が正論を言う。本当に、人としてどうかと思います。

「……だって、カティアは可愛いだろう？」

項垂れながらも続くアウグスト様の言葉に、私は驚いて目を見開く。

彼に可愛いだなんて初めて言われた。そもそも容姿を褒められたのだってこれが初めてだ。

そんなアウグスト様の言葉に、パーティのメンバーが一様に頷く。これまた私は驚いた。

なんと。私は皆に可愛いと思われていたのか。全く気が付かなかった。

聖女ミルヴァ様があまりにも美しいから、その隣にいた私など、相当霞んでいたと思うのだが。

「雪のように白い肌。どこまでも透き通る琥珀色の瞳。黒檀のようなサラサラの黒髪。抱きしめたら壊れてしまいそうな華奢で小さな体……」

アウグスト様はうっとりと、私を褒め称える言葉を重ねる。

なにやら全身が痒くなりそうな、甘い言葉だ。

本当にこれらは、アウグスト様の口から吐き出されているのだろうか。信じ難い。

私はゾワゾワと居心地の悪い、落ち着かない気持ちになってしまった。

とてもではないが現実とは思えない。夢を見ているのではないかとさえ思ってしまう。

「確かにカティアの目は綺麗よね。陽に当たると綺麗な金色に見えるのよ」

「だろう? カティアは可愛くて、一日中見ていたって飽きない」

パーティの皆様も、なにやら微笑ましげに彼の惚気を聞いている。

確かにアウグスト様はよく私のことをジロジロと観察していた。ただし眉間に皺を寄せた、不機嫌そうな顔だったけれど。

私が何かミスでもしないかと、監視しているのかと思っていた。まさかあの顔で、そんな甘いことを考えていたなんて。

明らかに心の声と表情が合致していない。

そして確かに隙あらば私を抱きしめ、その黒髪を梳いていた。

まさかそんなにも気に入ってもらえているとは、思わなかった。

「カティアに会いたい……」

切ない声音で、アウグスト様は呻いた。

確かに出会った日から、こんなにも彼と離れ離れになったのは、初めてのことだ。

「はいはい。魔王を倒したら、迎えに行きましょ」

「会えない時間が愛を育てるらしいぞ」

「まあ、カティアは今頃、羽を伸ばして生き生きしてそうだけどね」

「…………」

今度はエミリオ様の会心の一撃が決まり、アウグスト様の顔が、また悲痛に歪んだ。

確かにここぞとばかりに生き生きしているかもしれない。

それにしても、まさかここでの会話が私に筒抜けだと知ったら、アウグスト様はどう思うんだろう。想像すると、ちょっと面白い。

「まあ、それはともかく。そんな可愛いカティアを欲しがる奴は、山ほどいるんだってことを思い知らされて……」

あまりにも褒めすぎである。少なくとも山ほどは言い過ぎである。

前世からあまり人に褒められることに慣れていない私は、恥ずかしくて身悶(みもだ)える。

そもそも自己肯定感が地を這っていて、褒められることが苦手なのだ。

私なんかがと、不思議と申し訳ない気持ちになって、胸が苦しくなる。

「……だからとっとと俺のものにしなければ、と思った」

そしてアウグスト様の話は一気に不穏になった。本当に勘弁してほしい。

私の頬も一気に冷えて、正気に戻った。危ない。慣れない言葉に絆されるところだった。

「そ、それで、どうしたんだ……？」

「すぐに手を打った。金に困っているという男爵家に、融資と引き換えにカティアを養女にさせて、全て書類を揃えてから父上を脅……じゃなくて話を通した。カティアを俺の妻にすることを」

当初、旦那様はこの婚約にかなり難色を示したらしい。当たり前だ。

貴族の結婚は、そんな甘いものじゃない。

相変わらずアウグスト様には、自分が子爵家の跡取りだという自覚が皆無である。

前世世界と違い、この世界で人の命は、価値は、平等ではない。

貴族と平民の間には、明確な線引きがされているのだ。

それに、いくら養子にしたところで、戸籍にはしっかりと養子である旨が記載される。私が平民だったという事実は、生涯消えることはない。

だがアウグスト様は強引に私との結婚を押し進め、最終的には旦那様が折れた。

そして、ようやく私のところまでその話が来た時には、すでに婚約は決定事項となっていた。

知らぬ間に私には貴族の養父母ができていて、夫となる人まで決まっていた。

さらには、そのたった一ヶ月後に、婚約式が迫っていた。

二言目には「面倒臭い」が口癖の、究極のものぐさであるアウグスト様が、よくぞここまで綿密かつ迅速に計画を立て、行動したものだ。

私は驚き悩むよりも前に、呆気に取られ、感心してしまった。

旦那様も馬鹿息子の独断専行に、さぞかし胃が痛い思いをされたことだろう。

『すまないねえ。カティア。アウグストがどうしてもと言うから』

申し訳なさそうな顔をしながら、そんなふうに旦那様に謝られた時のことを思い出す。

それにしても旦那様、アウグスト様に脅されていたのか……。

こんなとんでもない話が、なんでこんなにもとんとん拍子に決まるのか、不思議には思っていたのだ。

きっとあの極悪な息子に、何かしらの脅しになるネタを握られてしまっていたのだろう。なんせアウグスト様は、人の弱みに付け込む天才なのだ。

お人好しそうな子爵の顔を思い出し、私の心が若干痛んだ。

「ちょ、ちょっと待てくれ。そこにカティアの意思や同意は……？」

恐る恐るオルヴァ様がアウグスト様に聞く。

もちろんそんなものは聞かれなかった。なんせ全ては決定事項として、私に伝えられたのだから。

「もともとカティアは俺のものだ。だからカティアがどう思っていようが関係がないだろう」

どうやら基本的人権が、そもそも私にはなかったらしい。まいったね！

生殺与奪の全てを、私はアウグスト様に握られていたというわけだ。

まあ、確かに元々その約束で、彼に拾ってもらったのだけれども。

「結婚さえしてしまえば、こっちのものだ。心はすぐに手に入らなくとも、少なくとも体と籍は手に入るだろう」

それを聞いたミルヴァ様は頭を抱え、エミリオ様は呆れたように深いため息を吐いた。

オルヴォ様に至っては、怒りで真っ赤な顔をして、今にもアウグスト様に殴りかかりそうな勢いだ。

本当に、なんと善良な方々かと、またしても私はしみじみ感じ入った。

もちろん当時、旦那様からアウグスト様との婚約の話を伝えられた私は非常に驚いて、零れそうなほど目を見開き、あんぐりと口を開けてしまった。

それから我に返ってすぐに理由を問いただそうと、慌ててアウグスト様の部屋に行ってノックもせずに扉を開き怒鳴った。

『こんな婚約無理です！』

『なんでだ』

今日も絶賛言葉が通じないアウグスト様である。

不機嫌そうに眉を顰め、ぶっきらぼうに言葉を返してくる。私は必死に懇切丁寧に説明した。

『いいですか？　坊ちゃん。私は平民です。しかもあなたに仕える使用人です。誇れるような魔力量もありません。とてもではないですが、子爵家に嫁げるような身の上じゃないんです！』

平民でも高い魔力を持っていると、保有魔力の多い後継が欲しい貴族たちによって、妻にと求められることがあるそうだが、残念ながら私の魔力量はそれほどのものではない。

残念ながら、普通の人よりも若干多い程度、というレベルである。

するとアウグスト様は、そんなことかと鼻で笑った。

『地位も魔力も何もかも、お前の分まで俺は持っている。だからお前自身が何にも持っていなくても問題ない』

『足し算引き算の問題じゃないんですよ！　あなたならもっと良いお相手がいくらでもいるでしょう⁉』

私が思わずまた声を荒げれば、アウグスト様はさらに不機嫌になってしまった。

『他の女と一から関係を築くこと自体がもう面倒なんだよ。お前なら気楽だからいい』

確かに気兼ねのない私の方が楽だろう。だがあまりにも酷い言い草である。

流石の私も憤慨した。

するとアウグスト様は、怒りに震える私を見て、吐き捨てるように言った。

『どうせお前なんて他に貰い手がないだろうが。俺と結婚できるんだ。ありがたく思え』

思い返すに、多分これが私がアウグスト様にもらった、唯一のプロポーズらしきものである。

「……お馬鹿過ぎてお話にならないわ……。あんた求婚をなんだと思ってんの……？」

アウグスト様の自供に、ミルヴァ様がその整えられた指先で額を押さえながら、冷たい声で吐き捨てた。

「何故だろう。カティアを目の前にすると、酷い言葉しか出てこない……。やはりこれは魔王の呪いか何かか……」

「いや、どう考えても自業自得だろうが！　このバカが！」

とうとう堪えきれなくなったのか。アウグスト様の金色の頭を、オルヴォ様が勢い良く引っ叩いた。

スパァン！　と小気味良い音が鳴った。きっと中身が空っぽだからだろうと、私は思った。

そうして成立した私とアウグスト様の婚約は、貴賤結婚なこともあってあまり良い顔はされなかったものの、不思議と誰からも明確な反対はされなかった。

それどころか、『こうなる気はしていた』と誰しもが若干私から目を逸らしつつ、諦めた声音で言った。

確かにアウグスト様は私以外の女性に全く興味を示さなかったし、そもそもこんな性格では、お相手の女性も真っ青になって裸足で逃げ出すことだろう。

なんとか猫を被ってうまく女性を引っ掛けることができたところで、忍耐力のないアウグスト様では猫被りもそう長くは続かないであろうし。

むしろもうアウグスト様がちゃんと人間の女性と結婚するだけ良かった、などという諦めの境地な雰囲気が、ラウアヴァータ子爵邸に漂っていた。

では、その生贄となった私はどうなるのか。貴賤結婚など面倒なことこの上ないというのに。己の将来を思い、私は頭を抱えた。

そこに熱烈な恋愛感情があったのなら、頑張ろうという気も起きたかもしれない。

だが、もちろん私たちはそんな感じではなく、幼馴染(おさななじみ)の腐れ縁の延長でしかない気さえする。

そんな私はアウグスト様の、おそらくはプロポーズであろうと思われるものに『はい』とも『いいえ』とも答えなかった。

だがもちろんそれも一切考慮される事なく、結局はアウグスト様の望むまま、婚約式の日程がどんどん近づいていった。

確かに彼は、私の意思など必要としていないのだろう。

なんせ、もとから私は彼の所有物なので。私をどう扱おうが、おそらくそれは彼の勝手なのだ。

一方で私は、彼に女として必要とされることに、妙な居心地の悪さを感じていた。

だっていずれアウグスト様は、この世界を救う勇者となる人物であり、本来私はそのための道具にしか過ぎないはずなのだ。

それなのに、そこに恋愛感情などを挟んでも良いものか。

何も教えられないまま一族は滅びてしまったから、賢者として勇者である彼にどうすべきなのか、何一つわからないままなのだが。

――――彼は女としての私も欲しいのだと言う。

ならば私は、彼の所有物としてそれを受け入れる以外に選択肢がない。

そして結局流されるがまま、私はアウグスト様の婚約者となった。

女としての幸せ、なんて。仕事中毒者だった前世でも、良く考えたことがなかった。

まるで突然、乙女ゲームの世界に放り込まれた気分だ。

攻略対象は、幼馴染みの俺様勇者のみ、といったところがいただけないが。

是非もっと攻略対象の幅を増やしてほしい。などと現実逃避をしてしまう。

悶々（もんもん）としているうちにあっという間に時間は流れて、未だなんの実感が湧かないまま、私とアウグスト様の婚約式は、ラウアヴァータ子爵邸の庭園で、思いの外盛大に行われた。

私は生まれて初めて、絹と手編みのレースでできた、美しい白いドレスを身に纏（まと）った。

これは私のためにと、旦那様が準備してくれたものだ。

そんな私の姿を、アウグスト様は目を細め、柔らかな表情で嬉しそうに見ていた。

いつもの傲慢な雰囲気も、その日だけは随分と影を潜めていた。

――たとえ言葉にはならなくとも、その目は雄弁に私への想いを語る。

本当に、わかりやすい人だと思う。

彼の口から溢れるのはいつも、辛辣で理不尽な言葉ばかりだ。

けれども彼の行動は言葉とは違い、いつも私を守り、気遣うものばかりだった。

だからどんなに酷いことを言われても、私は結局アウグスト様のことを嫌いになる事はできなかったのだ。

「ここまできたら諦めて、一生俺のそばにいろ」

だからアウグスト様はもう少しでいいから、言葉を選ぶべきだと思う。

ほら、参列者の方々が、若干引いておられるではないですか。

立ち会いの神官の前で、私の指に自分の目の色に合わせたのであろう色味の薄い美しい青玉(サファイヤ)の指輪を嵌(は)めながら言ったその言葉が、アウグスト様の最大限の努力の末の愛の言葉だなんてことは、きっと私以外の人間にはわかりはしないのに。

彼の赤く染まった耳を見つめながら、私は困ったように笑う。

「はいはい。そうですね。私はずっと、拾われた時から坊ちゃんのものですよ」

「……だからいい加減、坊ちゃんはやめろ。頼むから」

確かに夫になる人に、坊ちゃんはないかもしれない。私は堪えきれず、小さく声をあげて笑ってしまった。

するとアウグスト様は私の手をそのまま自分の口元へ運び、その指先に口付けを落とす。

周囲から冷やかすような歓声が上がる。心臓が指先に移動してしまったように、熱い。

目を細め、してやったりと笑う彼の顔を見て、私は動揺してしまった。

私は、ここにきて初めて、彼が男性であることを意識した気がする。

そんな私たちの正式な結婚は、半年後に決まった。

アウグスト様はもっと前倒しにしたかったようだが、旦那様に説得されて、自分の意志を曲げて諦めたらしい。珍しいこともあるものだ。

「しっかり準備期間をとって、カティアにちゃんとした婚礼衣装を着せてやりたいと言ったら、渋々ながらも納得したよ」

そう言って旦那様は困ったように笑っておられた。そんな彼の優しさに私は泣いた。本当にあなたはあのアウグスト様と血が繋がっておられるのか。

実のところ私は婚礼衣装に全く興味がないのだが、彼らの気持ちがとても嬉しかった。

前世でも今世でも家族と縁の薄かった私は、旦那様に父親の面影をどこか重ねていた気がする。

親のいない私に、旦那様はいつも気を配ってくれた。彼は私の理想の父親像そのものだった。

旦那様も、我が子のように私を可愛がってくれた。彼の義娘になれることは、アウグスト様と結婚する最大の利点と言っても過言ではないかもしれない。

婚約式とそれに伴う祝宴を無事に終えた私とアウグスト様は、その後、彼の自室でのんびりと過ごすことにした。朝からずっと慌ただしかったため、流石に疲れていた。

彼の部屋に侍る(はべ)のは使用人としてごく日常的なことだったので、私はそれに対し、特になんとも思わなかった。

「……流石に少し疲れたな」

「ではお茶をお淹れ致しますね。蜂蜜多めで」

私は小さく笑って、備え付けのポットを手に取り、いつものように、彼のためにお茶を淹れた。

婚約者になったといっても、すぐに長年の使用人根性が抜けるわけではない。

温かいお茶をアウグスト様のお気に入りのカップに注ぎ、黄金色の蜂蜜を多めに加え混ぜた後、彼に渡す。

すると、彼の指先と私の指先が触れ合った。

これまでならば、なんとも思わないような些細な接触。それなのに、何故か私の心臓が大きく跳ねた。

今日から彼は、私の婚約者なのだ。そんなことを妙に意識してしまったからか。

アウグスト様は、何事もなかったように、私の淹れたお茶を一口飲む。

不味かったらしっかり文句を言う人なので、何も言わないところを見ると、まあ、及第点の味なのだろう。

いつも寄せられている眉間の皺が、わずかに緩む。

それを見た私は心の中でガッツポーズをする。

何度も言っているように、彼は非常にわかりやすいお人なのである。

アウグスト様は一気にカップの半分ほどまでを飲んで、それをサイドテーブルに置かれたソーサーの上に置く。

「ひゃっ!」

それから私の手を掴むと、自分の方へと引き寄せるように引っ張った。

私はこの世界の女性としては随分と小柄な方なので、容易くよろけて、アウグスト様の腕の中にすっぽりと収まってしまう。

「ぼぼぼ坊ちゃん⁉」

突然のことに、動揺のあまり、思わず声が上ずってしまう。

「――だから坊ちゃんはやめろと言っている。いい加減に名前で呼べ」

その低く不思議と腹に響くその声で、耳元で窘められたら腰が砕けてしまう。

前世では仕事ばかりで、結局男性と付き合う機会もなく人生を終えてしまったし、もちろん今世でもアウグスト様につきっきりだったため、私は男性への耐性がほとんどない。

触れ合った室内着の薄い布越しに、彼の硬い筋肉を感じる。アウグスト様は、今でも暇さえあれば剣を振り回しているから、まるで騎士のようにガッチリとした体格をしている。

自のものとは全く違う感触に、私の心臓が物凄い速さで鼓動を打っている。

毎日剣を握っているからか、随分と太くなってしまった指が、ついっと私の顎をあげる。

目の前にはドアップのアウグスト様の顔。うむ。やはり今日も無駄に顔がいい。

思わずそんな現実逃避をしていると、その素晴らしい顔が更に近づいてきて、私の唇を奪った。

最初は表面を触れ合わせるだけの優しいもの。触れては離れてを繰り返し、しばらくしてぐっと深く唇を咥(くわ)え込まれた。

「ふぅ……んんっ！」

上手く呼吸ができなくて、鼻から抜けるような甘ったるい声が漏れてしまい、羞恥で顔が熱くなる。

すると空気を求めてわずかに開けてしまった唇の隙間から、アウグスト様の熱い舌がそっと差し込まれ、私の口腔(こうこう)内を探り始める。

自分の中に自分以外のものが入り込む初めての感覚に、不思議と腰のあたりがぞくぞくする。

アウグスト様の舌は、私の歯を一つ一つ、確かめるように舐(な)めていく。

そして頬の内側から上顎、喉の奥までさらに深く舌が差し込まれる。敏感な粘膜を探られ、ビクビクと無意識のうちに体が震えた。

侵入してきた異物に怯えて逃げ惑う私の舌が、とうとう彼の舌に絡めとられ、吸い上げられる。

「んっ……っ」

口腔内を蹂躙(じゅうりん)されているせいで唾液を上手く呑み込むことができず、溢れたものがつうっと口角からこぼれ落ちていく。

散々内側を暴かれ、吸い上げられた末に、ようやく解放された唇は、ぽってりと腫れて熱を持っていた。

「物欲しげな、いやらしい顔だな」

アウグスト様が、片方の口角を上げて嗜虐的に笑った。

私には貶められて悦ぶような嗜好はなかったはずなのに、不思議と足から力が抜けてしまって、彼の膝の上から逃げることができない。

再度唇が触れて、そのまま首筋を少しずつ下へ下へと這っていく。身に纏っていた室内用のラフなワンピースの釦が次々に外されていき、剥き出しになった肌に外気を感じる。

「カティア……」

呟かれた私の名前には、懇願と情欲の響きがあって。ここでようやく私は危機感を持った。

あれ？　もしかしてこれ、所謂貞操の危機というヤツではないだろうか。

「ちょ、ちょっと待ってください！　いくらなんでも展開が早すぎやしませんか！」

もちろん結婚するのだから、いずれアウグスト様とあんなことやそんなことをすることはやぶさかではないし、それなりに納得も覚悟もしている。

だが、彼と私はまだ婚約の段階である。約束をしただけで、実際に夫婦なわけではない。

この世界よりも随分と性に対し奔放であったはずの前世世界においても、残念ながらそういった経験が一切ない私の頭は、ひどく混乱をきたしていた。

ぎゃあぎゃあ喚き暴れる私をお構いなしに、アウグスト様は流れるようにワンピースの全ての釦を外してしまった。その天賦の器用さを、こんなところで使わないでほしい。

ワンピースが輪になって、ぱさりと乾いた音を立てながら床に落ちる。

中に着ていたシュミーズも、リボンを外され肩紐を落とされ、私はあっという間に下着だけにされてしまった。

そんなあられもない私の姿を、アウグスト様が恍惚とした目で見つめる。

その視線に熱を感じて、羞恥で私の体が戦慄く。

残念ながら私の体は、女性らしい丸みに欠けている。

背伸びしても身長は伸びず、食べても体重は増えず。まるで子供のような貧相な体だ。

「……小さいな」

「うるさいですよ」

胸当てを外され、ふるりと出てきた小ぶりな私の胸を見て、アウグスト様が率直な感想を口にした。

本当にどこまでも失礼な男である。思わず私は一気に冷静になって苦情を入れてしまった。

「ひゃっ……！」

「だが触り心地は悪くない」

すると彼は手のひらでわずかに膨らむ乳房を包み込み、持ち上げるようにしてやわやわと優しく揉んだ。くすぐったさに私は思わず小さく声をあげてしまう。

そして、寒いからか、ぷくりと膨らんだその乳嘴を、唇を寄せて吸い上げた。

「あっ……!」

その実を舌先で突かれ、軽く歯を当てられるたびに、痛痒いような甘い疼きが湧き上がる。

下腹部が内側へきゅうっと締め付けられるような、なんともいえない感覚。

「もう、やめ……!」

「だがこうしてやれば、今からでも大きくなるかもしれないぞ」

残念ながらそんなものは迷信です。だがアウグスト様は執拗に私の胸を愛撫し続ける。

そのわずかな膨らみを揉み上げて、頂きを撫で、摘み上げ、押し潰し、唇で吸い上げて甘噛みをする。

彼は口では酷いことを言うが、私に触れるその手はひたすらに真摯で丁寧だ。

随分と長い間、アウグスト様に胸を弄られ続けて、下腹部の疼きは酷くなり、触れられてもいないのに腰がガクガクと震えた。

「やだぁ……」

私はもう泣きが入っていた。そんなことをされたって、これ以上大きくなりはしないのに。

じくじくと追い詰められながらも、果てが見えないこの宙ぶらりんな状況が、非常に苦しい。

「ふん。小さい方が感度が良いというから、これはこれでいいか」

ですからそれも迷信です。突っ込んでやりたいが、それどころではない。

なんとかこの焦燥感から逃れようと、必死に腰を揺らしながら、太ももに力を込めてもじもじと膝を動かす。

私の中から、とろりとろりと何かがこぼれ落ちる感覚がある。

「どうした？」

わかっているだろうに、にやにやと笑いながらアウグスト様が聞いてくる。

この行為と彼の性格の親和性が恐ろしい。私はどんどん追い詰められていく。

「坊ちゃん……ヒィッ」

その呼び名が気に食わなかったのか。アウグスト様は私の乳嘴を容赦無くその指先で強く引っ張った。

「で？　何？」

「あ、アウグスト様……お願いします……！」

この状況から逃れたくて、私は必死に彼に縋った。流石に何を、とは言えなかった。

ようやく彼の手が、私のドロワースを引っ張り下ろす。すでにそれはじっとりと濡れており、透明な糸を引きながら私の肌から離れた。

「びしょびしょに濡れてる。カティアは本当にいやらしいな……」

「………」

アウグスト様は、これまで見たことがないほどに、キラキラとした笑顔を浮かべた。

明らかにアウグスト様のせいなのに、私のせいにしないでほしい。

不服で思わず私が小さく尖らせた唇を再度強く吸い上げると、彼は私の脚を大きく開かせ、自分の膝に跨がせた。

「――――ほら。少し腰を浮かせろ。触ってやるから」

追い詰められていた私は、素直に腰を浮かせた。脚の隙間に彼の手が入り込み、剣を握り続けて皮が硬くなった彼の指の腹が、拓かれたことのない私の割れ目にそっとあてがわれる。

そこは私の蜜でしとどに濡れていて、彼の指はそれを潤滑剤にして滑らかに動く。

何度も往復しているうちに、少しずつ指先がつぷりとその割れ目に沈み込み、私の敏感なひだに触れる。

「ふっあ、ああ……！」

堪えきれず、小さく声が漏れる。確かにある果てを求めて、無意識のうちに下肢に力がこもってしまう。

やがて彼の指が、そこにある痼った神経の塊に触れた。

「やぁっ‼」

痛みに感じるほどの暴力的な快感に、私の体が小さく跳ねる。

すると彼はしたりと、その小さな突起をその根本から何度も擦り上げた。

「ひあぁぁぁーっ‼」

背中を逸らし、私は一気に絶頂に駆け上がった。

ビクビクと体が痙攣し、下腹部から痛痒いような痺れが全身に広がる。

内側が引き絞られるような脈動が起こる。波打つそれを楽しむように、アウグスト様は私の蜜口に指を埋め込んだ。

「……すごいな、吸い付いてくるぞ」

そのまま奥へゆっくりと彼の指が私の中を進んでいく。ヒクつく膣壁を押し開きながら。

「ひ、あ、ああ」

「……痛いか？」

異物感と圧迫感に私が眉を顰めて声を上げれば、手を止めて心配そうに聞いてくれた。

アウグスト様にもちゃんと相手を気遣う機能がついていたのか。

うっかり私は、感涙しそうになった。

それから潤む視界で彼の青い目を見つめ、私は小さく首を横に振った。

アウグスト様の指が私の中に全て埋まって彼はその指をゆっくりと探るように動かし始めた。

「――――ひっ」

「……ふうん。ここか」

そして明確に私が反応を示した場所を、先ほどの胸と同じように、しつこく刺激し始めた。

掻き出すように、押し込むように、容赦無く。

「だめ……。おかしくなっちゃいます……！」

蓄積されていく疼きが、今にも溢れてしまいそうで。私は怖くて彼に助けを求める。

だが彼は楽しそうに笑うだけで、さらにもう一本指を増やし、中を拡げるように動かしながら、その上にあるすっかり赤く腫れ上がってしまった花芯を、親指で擦り上げ、押し潰した。

「や、あああぁ！」

二度目の絶頂は、あっさりと訪れた。これ以上の刺激には耐えきれないと、私はアウグスト様の手を太ももに挟み込んで、目の前の彼にぎゅうぎゅうと抱き付き、襲いかかる快感の波に耐えた。

そんな私の背中を、アウグスト様の大きな手のひらが優しく撫でる。

「はっ、はぁ、あ」

息が切れて、全身に汗が浮き、そして脱力する。

ぐったりとアウグスト様にもたれかかってしまった私を、彼は抱き上げて寝台に運び、横たえた。

それから自分の服に手をかけて、勢いよく脱いでいく。

体を動かすことが好きな彼は、良く引き締まった体躯をしている。

いつも着替えを手伝っているから見慣れているはずなのに、何故か心臓がやたらと高鳴る。

だが、そんなことよりも。

「あの……もしかして本当にこのまま最後までやるつもりですか？」

「やる」

「…………」

答えは明白だった。むしろ聞くまでもなかった。

「諦めろと言っただろう？　俺を受け入れろ。責任なら取ってやる」

あっという間に服を脱ぎ終え全裸になったアウグスト様が、寝台に乗り上げる。

その時、臨戦態勢になったアウグスト様のものが、ちらりと視界に入ってしまい、私は泡を吹きそうになった。

着替えの手伝いの際などにうっかり事故的に拝見した事はあったが、流石にこの状態のものを見るのは初めてだ。

いくらなんでも大きさが全然違う。劇的にも程がある。物理的に入る気がしない。

だが、アウグスト様は容赦なく私を寝台に縫い付け、大きく脚を開かせた。それだけであふれた蜜がぐちゃりと卑猥な水音を立てた。

私の秘部をじっくりと見て、こくり、と彼の喉が動く。

「や……。み、見ないで……」

そんな場所、自分でもまともに見たことがないのに。

羞恥のあまり、私は顔を手のひらで覆い、自らの視界を塞ぐ。

するとアウグスト様はその手のひらを引き剥がし、頭の上でまとめ上げてしまった。

「――――隠すな。俺を受け入れるお前の顔が見たい」

体にアウグスト様の体重がかかる。ヒクつく私の入り口に、熱く硬いものがあてがわれる。

ぐぐ、と私の内側を押し開きながら、彼が入り込んでくる。

「――――っ！」

その圧迫感に、私ははくはくと呼吸を整える。股関節が外れそうだ。

「きついな……。力を抜け、カティア」

アウグスト様の声も、随分と余裕がなくなっていた。

「無理、です……！」

初心者にそんな難しいことを言わないでほしい。呼吸をするだけで精一杯なのに。

痛みで私の目から生理的にこぼれる涙を見たアウグスト様が、動きを止める。

そして彼の手が、優しく私の髪を撫でる。

そういえば、随分と丁寧に抱いてもらっているのだな、なんてことに今更ながら気付く。

もっと酷い抱かれ方をするのかと思っていた。だが非常に丁寧に、もうそれ以上は勘弁してほしいってくらいに執拗に前戯をされて、中もしっかりと解してもらって。

今もこうして、痛みに泣けば動きを止めてくれる。想定外の事態だ。

――若い彼には、きっと辛いことだと思うのに。

本当に、不器用な人だなあと思う。私は腕を伸ばし、抱擁を強請る。

すると彼は大きく一つ息を吐いて、私を強く抱きしめた。触れ合う肌と肌がとても心地良くて、私の体から力が抜ける。

大丈夫だ。この人は、私を物理的に傷つけることはない。

「アウグスト様……。来て」

その耳元で囁(ささや)けば、彼は小さく唸(うな)り声(ごえ)を上げて、その全てを私の中に押し込んだ。

「────っ！」

乾いた音とともに、彼と私の脚の付け根がぶつかる。私は思わず彼の背中に爪を立ててしまう。

「入った……」

私よりもずっと感慨深い声で、アウグスト様が呟いた。

私は視線を下に向ける。そして、その接続部分をしみじみと見てしまう。

あの凶悪なものが本当に私の中に収まって、ちゃんと繋がっているのだな、などと、何故か妙な達成感があった。

そのまま二人でしばらく抱きしめあって、呼吸を整える。

すると痛みは痛みとして確かにあるのに、不思議とうずうずと腰を動かしたくなる衝動に駆られる。

おそらくアウグスト様もそうなのだろう。私に体重をかけるようにして、小さく腰を動かしている。

「……もう、多分大丈夫です。動いていただいても」

小さな声で許しを与える。私がアウグスト様を許すのも、なんだか変な感覚だけれど。

アウグスト様は身を起こすと、私を見つめる。そして両手を繋ぎ、寝台へと押し付ける。

それからゆっくりと動き出した。傷ついたばかりの私の内側を労るように。

「あっ、あっ、ああっ！」

慣れてきたところで次第に強く、激しく穿たれて、私は高い声を上げる。

そうすることで、不思議と痛みが散らされるような気がした。

アウグスト様が私の顔や体にキスの雨を降らせる。柔らかく、所々を吸い上げながら。

それはおそらくそれほど長い時間ではなくて。でもひどく長く感じる時間で。

まるで愛し合ってこの行為をしているような、錯覚。

「……出すぞ」

命令のような言葉を耳元で囁かれて、私の体がはしたなくきゅうっと甘く疼いた。

それが、欲しくてたまらないのだと言うように。

「――――っ！」

一際強く私に腰を打ち付けて、アウグスト様は私の中の一番奥に、その欲望を吐き出した。

体に伝わる脈動は、一体どちらのものなのか。それはびくびくと、随分と長く続いた。

しばらくして震えが止まると、アウグスト様が脱力したように、私の上に崩れ落ちてくる。

その重みが妙に心地良くて、私は目を細めた。

繋がった場所は相変わらずじくじくと鈍く痛むけれど、不思議と充足感があって。

アウグスト様の荒い呼吸と鼓動を聞いているうちに、睡魔に襲われて、私はそのまま眠ってしまった。


目を覚ませば、私はしっかりとアウグスト様に抱きこまれていた。

窓から差し込む朝陽に照らされるアウグスト様は、やはり神々しいまでに美しくて。

私は思わず見惚（みと）れてしまったのだが。――全身の不快感にすぐに我に返った。

私たちの体は汗やら色々な体液やらでベタベタで、所々乾燥してパリパリになっていた。

もちろんシーツも、口には出せない体液やら血液やらでぐちゃぐちゃである。

残念ながら、彼には眠る前に清拭（せいしき）するという機能が備わっていなかったようだ。これだから坊ちゃん育ちは困る。

「ひぃええええ！」

私は悲鳴を上げて飛び起きて、アウグスト様も叩（たた）き起（お）こして寝台から追い出した。

必死に寝台の原状回復に勤（いそ）しんだものの、私たちがそういった関係になってしまったことは、あっという間に子爵邸の人々に知れ渡ってしまった。

その後アウグスト様は『どうして結婚まで我慢できなかったのか』と旦那様に大目玉を喰（く）らったようだ。

まあ、本人は全く悪いと思っていないようだけれど。

旦那様には「うちの愚息が申し訳ない」と平謝りされたが、いい加減アウグスト様ももうすぐ成人なので、旦那様のせいではないと思う。

むしろ私も彼の教育に一枚噛んでいる自負あるので、何も言えない。

さらに私は、アウグスト様に無理やり襲われたのではないかと、屋敷の皆に心配されてしまった。

あまりのアウグスト様に対する周囲の方々の好感度の低さ、信用のなさに、日頃の行いって大切なのだな、としみじみ思ってしまった次第である。

その後、婚約者となっても、私は相変わらずアウグスト様のお世話係をしていた。

癖の強いアウグスト様のお世話は面倒だからと、代替人員が見つからなかったのだ。

次代の女主人なのに申し訳ないと、色々な人から不憫がられているが、アウグスト様の世話には慣れているし、この仕事が嫌いではないので、あまり気にしていない。

ただ『もう一度やってしまったんだからいいだろう。出し惜しみするな』などと、本当に人としてどうかと思うようなことを言われながら、私はしょっちゅうアウグスト様に寝台に引きずり込まれるようになった。

私の体も次第にその行為に慣れて、彼から与えられる快感を欲しがるようになってしまった。

すっかりふしだらな体になってしまい、誠に遺憾である。

口では色々酷いことをいわれても、アウグスト様の手はいつも気遣いに溢れていて丁寧だ。乱暴に扱われることもない。

口から愛を語られることはなくとも、時に私を見つめるその目が、私に触れるその手が、雄弁に彼の想いを私に伝えてくる。

だから私は、特に不安に思うこともなかった。

相変わらずアウグスト様は手がかかるけれど、概ね私は幸せに暮らしていたと思う。

風の噂では、この大陸中で魔物が爆発的に増えていて、魔の領域がどんどん広がっているとか、人間の集落が次々に魔物に襲われて、多くの犠牲者が出ているとか、そんな話が流れてきていた。

だけど、私とアウグスト様が住むこのラウアヴァータ子爵領は、今でも何事もなく、とても平和だから。

それらを私は、別の世界の出来事のように聞いていた。

そして、このままずっとこんな日々が続けば良いな、などと思ってしまったのだ。

私は神から与えられた自分の使命を、忘れかけていた。

普通の女の子みたいな毎日が楽しくて、何もかもが遠くなってしまっていた。

いや、おそらくは自らそう仕向けていたのだろう。見たくない現実を、見ないために。


――――そのツケが、一気に来るとも知らないで。

第三章　勇者様が見つかりました！

しばしの沈黙が訪れた。

パチリパチリと、火が跳ねる音。それから、深い、肺の空気を全て吐き出すような呼吸。

「あー、まあ、なんだ」

アウグスト様から私との婚約に至るまでの顛末を聞き終えたオルヴァ様が、その金褐色の頭をガリガリと掻きながら、ようやく口を開いた。

「とりあえず、まずはカティアの代わりに一発殴らせろ！」

「嫌だ」

オルヴァ様がいきなり振り上げた拳を、アウグスト様はあっさりひょいっと避けた。先ほど頭を引っ叩かれたこともあって、ちゃっかり警戒していたのだろう。

なにやら目の前で王都の騎士団でも見られないような高度な手合わせが、繰り広げられている。

「この旅が終わったら、カティアをどこかに逃すしかないな……」

「そうね。この馬鹿に捕まったら、人生を棒に振るわ」

「おい。そんなことをしたら殺すぞ」

気がついたら勇者パーティが、なにやら非常に険悪な雰囲気になっている。

まさかのパーティ解散の危機。それまでは僅かながらもあった、皆様の勇者アウグスト様に対する敬意が、完全に消え失せたようである。

どうか私のために争わないで、と。私は小鳥の目を借りながらも心配になってしまう。

「だったら、まずはそのどうしようもないお子様な性格を直しなさい！　大体あなたいくつよ⁉」

ミルヴァ様にびしっと正論を言われて、アウグスト様はふてくされて黙った。

大事なことなのでもう一回申し上げますと、彼は二十歳の成人男性です。

どうしよう。ミルヴァ様が格好良すぎて痺れてしまう。

ぜひ次に彼女に会えたら、ミルヴァ姐さんと呼ばせてもらおう。

「……善処する」

「しなさいよ！　本当に！　じゃないと私がカティアをあんたから全力で奪うわよ！」

本当にミルヴァ姐様に惚れそうな事態である。いっそ奪われたい。

だがまあ、私にも責任はあるのだ。もっとちゃんと彼に真面目に向き合えばよかったと、今になって反省している。

特にあの婚約の日は、私たちの関係性を見つめ直す、良い機会だったのに。

彼の言葉の一つ一つを嗜め、矯正するのが億劫になって、そのままにしてしまった。

彼のその理不尽な言動が私だけに向けられるのなら、問題ないだろうと思ったのだ。

私なら彼の本当に言いたいことを、ちゃんと察することができるからと。放置してしまった。

いずれは自分の負担を増やすことになるとわかっていながら、目の前にある問題を後回しにしたり簡単に諦めてしまうのは、前世からの私の悪い癖だ。

「そんで。どうしてお前、カティアとまだ結婚してないんだ？　婚約したのってずいぶん前のことだろ？」

別に勇者が既婚者であっても問題はないはずだと、オルヴォ様は言いたいんだろう。

確かにもしあのままラウアヴァータ領にいたら、私とアウグスト様はとっくに結婚して夫婦となっていたはずだ。

「……結婚する予定の少し前に、国王から呼び出しを受けた」

アウグスト様は顔を歪めて、酷く腹立たしげに吐き出した。

魔王が復活して以後、魔物たちはどんどん増えて、多くの被害が出ていた。

だがそれでも魔王を打ち倒すために、神から遣わされるはずの勇者が一向に現れない。

それにとうとう業を煮やしたこの国の国王は、国中から魔力の強いものたちを集め、自ら勇者を探すことにしたのだ。

そして、アウグスト様にもその選抜に参加するよう、王命が下った。

その日、いつもは呑気(のんき)なラウアヴァータ子爵邸が、蜂の巣をつついたような騒ぎになっていた。

「突然、国王陛下からの使者が来たんだよ」

不安げに眉を下げる旦那様から聞いた私は、ああ、とうとう来るべき時が来たのだ、と思った。

国王から使わされたと言う使者は、横柄で神経質そうな男だった。

「国王陛下がラウアヴァータ子爵令息アウグスト殿をお召しです。どうか早急に王都へ向かわれますよう」

どうやら、かつてアウグスト様と私の魔術講師をしていた方が、アウグスト様の人間離れした規格外の魔力について、国に報告をしていたらしい。

田舎で呑気に暮らしているとはいえ、ラウアヴァータ子爵家は一応貴族だ。

王命に逆らうことは、許されない。

人格に少々、いやかなり難があるものの、アウグスト様は確かに勇者としての資質を持っている。

王都へ行けば間違いなくそのまま勇者に選ばれ、魔王討伐の旅に出ることになるだろう。

だがお察しの通り、当初アウグスト様はその王命を拒絶した。そもそも他人のために動くようなお人ではない。

「いやだ。面倒臭い。なんで俺が王都なんかに呼び出されなきゃいけないんだ」

もし勇者の選定に人格の部門があるのなら、間違いなく彼は不適格とされていただろう。

なんせ国王の使者の前で、堂々とそんなことを宣ったのだ。

もちろんその隣にいた旦那様は真っ青な顔で、アウグスト様の後頭部を引っ叩いた。そして、助けを求めるような目で私を見つめた。

アウグスト様関連で困ると、旦那様はすぐに私を頼ってくるのである。

仕方がない。旦那様には返しきれない恩がある。渋々ながらも私は口を開いた。

「王命だから仕方がないんですよ。坊ちゃん」

「……カティア。いい加減坊ちゃんはやめろと言ってるだろうが」

するとそう言ってすぐ不貞腐（ふてくさ）れる。そんなことを言われても長年そう呼んできているので、なかなか切り替えが難しいのである。

「とにかく、俺は行かない。そんなもの、時間の無駄だ」

自分が選ばれるとは全く思っていないのだろう、言葉。なにやら胸が重くなってくる。

国王からの使者は、アウグスト様のあまりの不遜な態度に、怒りで真っ赤になっている。

そろそろ旦那様が泡を吹いて倒れそうなので、仕方なく私は立ち上がった。

「ねえ、アウグスト様。それなら私と一緒に行きませんか？」

ちゃんと名前を呼んで、小首を傾げて可愛らしく、うるうると潤ませた上目遣いで私は言った。

「婚前旅行ってことでどうでしょう。私、一度で良いから王都に行ってみたかったんです。もしアウグスト様と一緒に行けたら、とっても嬉しいなあって」

全身が痒くなりそうだが我慢である。

アウグスト様は若者らしく、分かりやすいストレートなおねだりに弱いのだ。

「……それなら行ってやってもいい」

そしてアウグスト様は、私の想定通りあっさりと折れた。彼もまたちょろいお人である。

「わあ！　ありがとうございます！　楽しみですー」

棒読みにならないよう気をつけながらそう言って、大袈裟に喜びながら私は、彼の腕に絡み付いた。

その後、私が旦那様から泣いて感謝されたことは、言うまでもない。

使者の方は、高尚な使命だというのに女連れなんて、と最後まで憤慨しておられたが、私がいないなら絶対に行かないという強硬な姿勢のアウグスト様に、最終的には折れた。

ある意味アウグスト様は、交渉上手なのかもしれない。

開き直りながらも、最大限自分の要望を相手に呑ませたのだから。

こうして私とアウグスト様は、王都へと向かうことになった。

王都に着けば、間違いなく彼は勇者に選ばれて、魔王討伐の旅に出ることになるだろう。

けれど歴史を紐解けば、魔王討伐に失敗する勇者の例も少なくない。

すると魔王を討伐するまで、次々に勇者が選ばれ続けることになる。

おそらく勇者もまた、神にとっては消耗品のようなものなのだろう。

そして私は彼を、そんな死地へと追いやろうとしているのだ。

けれどアウグスト様が魔王を倒さなければ、もしくは討伐に失敗し落命して新たな勇者へとバトンを引き渡さなければ、いずれこの世界は魔王の手によって滅びることになる。

魔王を倒さなければ、私もアウグスト様も、最終的には死ぬんだろう。

つまり私には、最初から選択肢などないのだ。仕方がない。仕方がないのだ。

――――だったら私も共に行こう。そう思った。彼一人には背負わせまい。

消耗品であるのは、私もまた変わらない。だって私は、彼の賢者なのだから。

そんな私の悲壮な決意など全く知らずに、アウグスト様は遠足前の子供のようにワクワクと準備を始めた。

その姿を可愛いと思ってしまう私もまた、大概である。

そして私とアウグスト様は、ラウアヴァータ子爵領を旅立った。

アウグスト様は愛馬に二人乗りの鞍を付けて、私を乗せてくれた。彼に背中を支えられながら馬に乗ると、安定して案外居心地がいい。

二人の旅は、案外楽しかった。

転移魔法を使えば一瞬なのだろうけれど、あれは己の魔力を付与した何かしらの目印や、一度行ったことのある場所にしか使えない。魔法とは万能ではなく、色々な条件が必要なのだ。

私もアウグスト様も王都には行ったことがない。だから、旅はゆっくりと進んだ。

私たちはその旅の途中、何度も魔物に遭遇することになった。

アウグスト様が、あっさりとそれらを剣と魔法で駆除してくれた。やはり腐っても勇者。強い。

それはこんなに人が住む領域まで、魔物が出現するようになったということなのだろう。

私も何か手伝いたいのだが、アウグスト様は戦闘には一切の手出しを許さないので、仕方なく応援要員を頑張った。

「きゃー！　坊ちゃんかっこいいー！　右！　もう一匹いますよー！　あ、やっぱりその後ろにももう二匹！」

「だから！　坊ちゃん呼びはやめろって言ってんだろうが！　くそっ！　きりがないな！」

きりがないのは私の坊ちゃん呼びか、それとも魔物の数か。

いい加減名前呼びに慣れなければとは思うのだが、十年以上呼び続けた呼称を変えるのは、なかなか難しいものなのである。まあ、簡単にいうと、今更なんだか恥ずかしいのだ。

「……カティア……」

そしてそんな私の目下の悩みは、アウグスト様が背中から私を抱きしめて、耳元で鼻息を荒くしていることである。

腰が抜けてしまうので、耳元で無駄に色っぽい声で、私の名前を囁くのはやめていただきたい。

しかも周囲に人がいないと、勝手に私の服の中に手を忍び込ませて、その触り心地を楽しんでいる。

その際、私の腰にはしっかりとアウグスト様の熱が押し付けられている。

彼は何故いつもそんなに発情しているのか。若いからか。若さってすばらしい。私は思わず遠い目をしてしまう。

この人、絶対にこのためにわざと相乗りの鞍を乗せたんだろう。

だって私は本来、自分一人で馬に乗れるわけで。

各々で馬に乗った方が馬の疲労も少なくて済むし、もっと移動速度もあがったはずなのに。

さも当然のように相乗りを促されて、うっかり何も考えずに受け入れてしまった。

カティア、一生の不覚である。

「カティア。雪が降ってきた。寒くはないか?」

問われて、驚いた私は空を見上げる。

確かにわずかに雪がちらついていた。彼がいる背中が温かいから、あまり気にはならなかったのだが。

「坊ちゃんがすぐそばにいらっしゃるから、そんなに寒くありませんよ」

私がそう答えれば、アウグスト様が小さく喉を鳴らした。

「こっちにこい」

アウグスト様は荷物から大きなマントを取り出して羽織ると、その中に私を抱き込んだ。

まるで頭の二つある、てるてる坊主のような状態になる。外から見れば相当間抜けだろうが、確かにこれは温かい。

私はほっこりして、小さく息を吐いた。

アウグスト様も気が利くことがあるんだなあ、などと見直していたら、アウグスト様の左手が私の腹に添えられる。

「……………」

何故だろう。嫌な予感しかしない。

すると案の定、彼は右手で手綱を操りながら、左手で私の乗馬服の上着のボタンを外し、できた隙間にその手を忍び込ませた。

相変わらず、類い稀なる器用さである。それをこんなところで発揮しないでほしい。

「ちょっと、何してるんですか?」

「外からは見えないから、別にいいだろう?」

そういう問題ではない。大体彼はなぜいつもそんなに偉そうなのか。

「坊ちゃんは、どうしていつもそんなに盛っていらっしゃるので……?」

「お前がそこにいるからだな。仕方がない」

どうやら、私に触らないと死ぬ病気にでも罹っているらしい。

何も言っていないのに、許可を取ったつもりなのか、左手が不埒に動き出す。

胸当ての上から、的確に私の胸の頂を見つけると、クリクリと押し潰す。

「ふ……あ……」

堪えようとしても、声が漏れてしまう。するとその声に調子に乗った彼は、ぷっくりと立ち上がったその実を指先で摘み上げた。

「ひっ！」

ブルブルと体を震わせる私の耳元で、アウグスト様は小さく笑う。

「ふ、あ、あ……」

胸を弄られているうちに、下腹部に熱が溜まってしまう。うずうずと腰が揺れる。

そのまましばらく胸を甚振られ続け、私はとうとう抵抗する力を失い脱力してしまった。

そして彼の手は、今度は私が履いているキュロットの留め具を外し、その中へと忍び込む。

小さなドロワースの紐もほどき、私の足の付け根へとその手は至る。

「ちょっ！　そこは、流石に……あっ！」

彼の指が私の髪の毛と同じ色の下生えを弄び、やがてその下に隠された割れ目を撫でる。

そして、溢れ出ていた蜜を指先に絡ませて、つぷりと沈める。

「ひぃあ……！　やぁ……」

馬の揺れと彼の動きに翻弄され、私は身悶えた。不安定な場所で体を支えようと、太ももに力を入れるが、そうすると性的快感までも引き寄せてしまう。

ぐちゅぐちゅと卑猥な水音を立てながら、彼が私の蜜壺を掻き回す。

「気持ちいいか……?」

そう聞かれれば、私はこくこくと馬鹿みたいにうなずくしかない。

もう言葉になる音を、口から出せる状況ではなかった。

「カティアは本当に感じやすいな」

彼は、私を貶めるようなことを言って、喜ぶ。被虐の気はないはずなのに私の体は、悦ぶ。

「やぁ、ああ。もう、だめ……」

「ダメになってしまえ。ほら」

そしてアウグスト様は、指で私の膣壁を掻き出すように刺激しながら、すっかり硬くしこった私の花芯をグリッと押しつぶした。

「――――っ‼」

私は彼の手を押さえつけるようにして、声もなく達した。

下腹部がきゅうっと内側に締め付けられて、彼の指を加え込んだまま、私の中がビクビクと痙攣する。

そのヒクつきを楽しむように、アウグスト様はゆっくりと私の中を撫でる。あくまで敏感になりすぎているそこが、痛みに転じない程度に、優しく。

「ひいぁ……! やめ……!」

途方もない快感と多幸感に放り投げられて、とうとう私は自分の体を支えられなくなり、馬から転げ落ちそうになる。

するとアウグスト様が背中から私をしっかりと抱き寄せて、その首筋に顔を埋めて思い切り匂いを嗅いだ後、深く熱のこもった息を吐いた。

「――挿れたい」

「無理ですね」

――物理的に。馬上で一体何をどうするつもりなのか。

私は思わず冷静に即答してしまった。絶頂の余韻からも、瞬時に正気に戻った。

背中でいかがわしいことをしていて、お馬さんごめんなさい。

「やはり馬の上で繋がるのは難しいか。仕方がない。一度下りてどこかで――」

「ですから！　そもそも繋がること自体を諦めてもらえませんかね⁉」

頼むからせめて宿までは我慢しろ。それができないなら私に触るな。

彼を睨め付けつつも、びしっと言い渡せば、アウグスト様は実に不服そうな顔をした。

だがここで甘い顔をしてしまえば、うっかりめでたく青姦デビューとなってしまう。それは流石に遠慮したい。

所有物だって、たまには逆らうのである。

この絶倫男にいちいち付き合っていたら、私の命と尊厳が非常に危険だ。

これ以上手を出されては堪らないと、私は慌ててドロワーズの紐を結び、キュロットの留め具を留め、胸当ての紐をしっかりと結び、乗馬服の釦をしめて防御力を上げた。

それから絆されないように、アウグスト様の残念そうな顔を極力見ないようにして、進路方向を向く。

アウグスト様が未練がましく服の上から私のささやかな胸を揉んでいる。本当に諦めの悪い男である。

そのうち川のせせらぎが聞こえてきた。この川を越えたところに次の宿泊地としている街があるはずだ。

やがて大きな吊り橋が見えてきた。太い縄を数え切れないほど束ね合わせて作られた橋だ。

橋幅も広く、馬も一緒渡ることができる。

それでも馬上のまま進むのは流石に危ないだろうと、私とアウグスト様は馬を下りる。

そして手綱を引きながら、橋を渡り始めた。

「わあ、高いですね……!」

下を覗き込んで、私は思わず歓声をあげた。

吊り橋の下は切り立った崖と清流。もし落ちたらただでは済まないだろう。

「カティアは高いところは平気か? 怖いなら俺に掴まるといい」

「あ、全然平気です。むしろ高いところは好きかもしれません」

吊り橋から見る風景は素晴らしい。久しぶりに自分の足で歩く解放感に満たされながら、若干不服そうなアウグスト様には気づかないふりをしつつ、うっとりと周囲を見渡す。

すると遠い北の方から、一羽の鳥が飛んでくるのが見えた。

綺麗な赤い鳥だ。これまで見たことがない。なんという名前の鳥だろう。

風流だなあ、などと私は呑気に構えていたのだが。

「――――あれ？」

その鳥がこちらに近づいてくるたびに、私は違和感を感じ始める。

どうやらその鳥は、思ったよりもずっと遠いところにいたらしい。

そしてその体の大きさが、明らかにおかしいことに気づく。

いくらなんでも普通の鳥の大きさではない。あれでは、まるで。

「魔物……！」

私は思わず叫んだ。

しかもそんじょそこらにいるような雑魚ではない。明らかにこれまで遭遇したことがないような高レベルの魔物だ。頭の中で警鐘が鳴り響き、全身が粟立つ。

「坊ちゃん！　逃げましょう……！」

この状況下は明らかに不利だ。私とアウグスト様は走って吊り橋を渡り切ろうとした。

だが、その途方もなく大きい鳥型の魔物は、けたたましく鳴いて、嘴から豪炎を吐き出した。

ごうっと音を立てて橋が燃え上がった。それに驚いた馬が、暴れて走り出す。

橋が燃え落ちる前に渡り切らなければ。私は必死に走り――そして。

「カティア……！」

――血の滲むような声で、名前を呼ばれて。

ドンっと背中を強く突き飛ばされ、私は地面に体を叩きつけてしまい、一瞬意識が飛んでしまう。

けれどもすぐに意識を取り戻し、自分が揺れない場所にいることに気付き、慌てて全身を苛む痛みを堪えながら立ち上がって、振り返れば。

そこにあったはずの吊り橋がなくなっていた。――そして、アウグスト様の姿も。

「坊ちゃん……？」

こちらに襲いかかってきた巨大な鳥型の魔物は、縦に真っ二つに切り離され、絶命していた。

おそらく、アウグスト様お得意の風魔法だろう。かまいたちのようになんでも切り裂く怖い魔法だ。

だが結局吊り橋は燃え落ちてしまった。――だったら、アウグスト様はどこに？

「アウグスト様‼」

私は叫び、恐る恐る崖の底を覗く。

そこには血溜まりの中、ピクリとも動かないアウグスト様がいた。

彼の血が清流に流れ込み、水面に赤い帯を作っている。

やはり彼は私を突き飛ばし、あの魔物を倒した後、橋とともに崖下へと落ちてしまったのだ。

「――――っ！」

全身から血の気が引く。まさか、こんなところで彼が命を落とすことになるなんて。

吊り橋があった場所のすぐ横には、橋のメンテナンス用なのか、崖下へ下りられるように太い鎖が垂らしてあった。

私は必死にそれを伝いながら崖下へ下りると、慌てて血溜まりに沈む彼の元へと走り寄る。

辛うじて、息はあった。私は血まみれになるのも構わず彼に縋り付く。

「嘘でしょ……!?　こんなところで死なないでよ！　あなた勇者じゃないの！」

敬語を忘れて私は叫ぶ。――――ああ、彼は、いつもそうだ。

私のためにたやすく、その命を投げ出してしまう。

その口から吐き出される言葉と同じくらい、私をぞんざいに扱えばいいものを。

「本当に馬鹿じゃないの……！」

回復は絶望的だった。ヒューヒューと漏れた呼吸音。おそらく、肺が破れているのだ。

たとえ聖女様でも、彼を助けることはできまい。両目から涙が溢れた。

「アウグスト様、アウグスト様……しっかり、して……」

彼の望み通り、必死に名前を呼ぶ。だが彼の目は、もう何も映してはいない。

彼を助ける方法は、たった一つしかない。

まさかこんなところで使うことになるとは、思わなかったけれど。

震える手を組み、祈るように跪く。

早く、できるだけ早くしなければ。刻一刻と、使用魔力が増えてしまう。

私は普段表に出すことのない魔力を、全身をめぐらせる。大丈夫だ。まだ、間に合うはずだ。

「――――時よ、戻れ……！」

震える私の声とともに、一帯の空間が歪む。そして、私の目が金色に輝く。

私の中にあった魔力が、一気に半分ほど失われるのがわかる。時魔法は大量の魔力を使う。

だが構わない。だって元々アウグスト様を助けるためだけに、この力はあるのだから。

風景が歪み、頭の奥がじんと痛む。そして、体がバラバラになるような感覚の後、一気に時間が遡る。

（おねがい神様！　アウグスト様を助けて……！　あなたの愛し子でしょう！）

最後に真っ白な世界が襲いかかり、意識が一瞬飛んで。

そして気がつけば、私は先ほどまでの定期的な揺れの中にいた。

背後から伸びた不埒な手が、乗馬服の上から私の胸を揉んでいる。

それは、馬に乗った私とアウグスト様が、今まさに橋に向かっているところだった。

無事に時間は戻ったらしい。私はほっと安堵のため息を吐く。

今いる場所から考えるに、どうやら半刻程度、時間が巻き戻っているようだ。

――――もちろん、私たちの周囲だけ。

「……これで、あと残り一回かぁ」

「……何がだ？」

囁くような独り言に返事が来るとは思わず、私は思わず小さく飛び上がる。

そして恐る恐る背後を振り返り、先ほどまで血まみれだったアウグスト様が生きて、相変わらず幸せそうに私にセクハラしている姿を確認し、ほっとする。

安堵のあまり、思わずまた涙が溢れそうになる。

今ならどんなに触られたって、許してしまうかもしれない。だが残念ながらそれどころではなくて。

「アウグスト様！　この道は、やめましょう！」

「カティア……？」

怒涛(どとう)のように私が進路変更を言い募れば、アウグスト様は驚いたように目を見開く。まるで、夢から覚めたように。

そして、この後に及んでも往生際悪く私の胸を揉んでいた、アウグストの手を引き離す。

それから彼の暖かなマントの中から抜け出すと、肩からかけているカバンに入っていた地図を広げ、近くの小さな町を指差す。

なんだっていい。理由をつけて、あの橋を渡らないようにしなければ。

「お腹が空いちゃったので、こっちの町に寄りませんか？　なんでもとても美味しい腸詰めが食べられるらしいんです！」

「……それじゃ、随分と遠回りになるだろうが」

「いいじゃないですか。せっかくですもの。私、アウグスト様とゆっくり旅を楽しみたいんですぅ」

今日も健気に上目遣いでおねだりする。自分の甘えた声の気持ち悪さに肌が粟立つが、我慢だ。

せっかく貴重な魔力を使って時間を戻したのだ。同じことを繰り返すわけにはいかない。

あの橋さえ渡らなければ、アウグスト様は死ぬことはないのだから。

「……本当に、いきなりどうしたんだ？」

アウグスト様がうっすらと頬を赤らめながらも、不可解そうに首を傾げる。

「いや実は私、高いところが苦手なんですよねぇ！」

あはは、と笑いながら私は言った。もちろん真っ赤な嘘である。

時間を巻き戻す前に言ったように、むしろ私は高いところが大好きだ。

だがこの世界で高いところなんてそうそうないし、疑われることもないだろう。だが。

「お前、子供の頃、高い木に登ってゲラゲラ楽しそうに笑っていなかったか？」

やはり無駄に記憶力の良いお方である。私は内心舌打ちをする。

「大人になってからだめになったんですぅ」

「……そうか。ならば仕方がないな」

些か腑に落ちない顔をしながらも、私の要望を受け入れてくれたアウグスト様は、馬頭を巡らせる。

私は安堵のため息を吐いた。なんとか危機を脱した。多分、これでもう大丈夫なはずだ。

しばらく馬を歩かせて、やがてたどり着いた小さなその町で、一軒だけある宿屋の部屋を取った。

宿の店主から鍵をもらい、部屋へと向かう。

扉を開けて中に入れば、なかなか小綺麗な部屋だった。

今回の宿は当たりだ。遠回りして本当に良かったと思いつつ、扉を閉めて鍵をかけたところで。

「カティア」

「はい？　……ひゃっ！」

突然アウグスト様が私を壁に押し付けた。そして性急に私の服の下へと手を潜り込ませる。

どうやら、彼はずっと『待て』をしていたらしい。

「宿に着いたらにしてくれ、と言ったろう？」

なるほど、彼は私の言葉を律儀に守っていたようだ。

自分で言ってしまった手前、確かに無碍にはできまい。

あっという間に乗馬服の前ボタンを全て外され、その下にある胸当てを上へとずらされ、剥き出しになった私の胸に、アウグスト様がむしゃぶりつく。

「ひんっ！」

両手でグニグニと乳房を揉み上げられながら、外気を感じてすぐに勃ち上がってしまったその頂きを、ちゅっと音を立てながら吸い上げられる。

それだけで腰がガクガク震えて、立っていることが難しくなってくる。

すると、アウグスト様が私の脚の間に膝を差し入れ、ぐりっとその付け根を押し上げた。

「やあ、あああ……！」

その刺激に脚から力が抜けてしまうが、そうするとアウグスト様の膝に、自重でさらに強く股を押しけてしまう事態になってしまう。

それを知ってか、アウグスト様がまた意地悪そうな笑みを浮かべてさらにぐりぐりと強弱をつけながら、膝を押し込んでくる。もちろんその間も、私の胸への刺激を忘れない。

色付いた輪を指先でなぞり、頂きを摘み上げ、押し潰し、痛みに転じる前に、優しく触れるだけの刺激に変える。

そのタイミングを測るのが、アウグスト様は抜群に上手いのだ。

私はいつも翻弄されるばかりで、彼に触れられると、すぐにぐずぐずに溶けきってしまう。

「ひ、やっああ……！」

彼の膝の刺激だけで、達してしまいそうだ。太ももにもう少し力を入れれば――。

そう思ったところで、押し付けられていた膝が引き抜かれる。

「あっ……」

思わず漏れた声が、残念そうに響いてしまったのは、気のせいだと思いたい。

アウグスト様は、楽しそうにニヤニヤと笑っている。

「そんなに俺の膝に押し付けて、いやらしいな」

今日もとても楽しそうなアウグスト様である。イラッとしつつもその単純さを可愛く思えてしまうのだから、私は彼に相当毒されている気がする。

アウグスト様は手早く私のキュロットと下着を一気に脱がしてしまうと、秘裂に指を伸ばしその表面をなぞった。それだけで彼の指がしとどに濡れる。

「随分と濡れているぞ。びしょびしょだな」

私の蜜はすでに割れ目から漏れ出して、太ももの内側にまで伝い落ちるほどだった。

「だって、アウグスト様のせいじゃないですか……！」

泣きそうな声で反論すれば、「それもそうだな」と言って、彼はまた嬉しそうに笑う。

そして彼はベルトを外し、前をくつろげると、熱く猛ったものを取り出す。その先端は露で濡れていて。

私が濡れているのは確かだけれど、アウグスト様だってしっかり興奮してそんなにも大きくしているのだから、お互い様だと思う。

そんなことを考えているうちに、アウグスト様の腕で片脚を大きく持ち上げられ。

「やぁぁぁっ‼」

一気にずぶりと奥深くまで突き上げられて、私は絶頂に達してしまった。

馬の上で弄られていた時から、私の内側はずっと飢えていたのだろう。

中にいるアウグスト様に吸い付き、締め付けるように、ビクビクと私の中が脈動する。

その熱に、つい先ほど命を失いかけたアウグスト様の姿がフラッシュバックして、視界が潤む。

――ああ、良かった。こうして生きて、また彼と抱き合えることが嬉しい。

「……くっ！」

すると何かを堪えるような呻き声をあげて、アウグスト様が空いている方の腕で、ぎゅうっと強く私を抱きしめた。

それからふう、と安堵したように小さく息を吐くと、じとりと私を責めるような目をする。

どうやらギリギリで、射精欲を押し込めることに成功したらしい。

完全に不可抗力である。私は悪くないとアウグスト様に涙目で訴える。

「ひっ！　ああっ‼」

でも彼は全く取り合ってくれず、容赦無く私のお腹の奥をガツガツと穿ち始めた。

立ったまま繋がり合うと、その不安定な状態からか、余計に興奮してしまう。

「や、あ、ああっ……！」

達したばかりの敏感な中を、擦り上げられ、私は高い声をあげる。

「ああ、くそっ！　気持ちがいいな……。もたない……」

アウグスト様は悔しそうにそう言って私を壁側へとひっくり返すと、私の腰を両手で持ち上げ、後ろから打ち付けた。

「やああっ！」

肌と肌がぶつかる音と体液が攪拌する音が聞こえて、まるで耳まで犯されているような気分だ。

そして彼が背後から手を伸ばし、私の胸の頂きを弄り始める。そしてもう一方の手で繋がっている場所の少し上にある、私の敏感な尖を、きゅうっと摘み上げた。

「んん――っ！」

その瞬間、私はまた絶頂に放り投げられた。

もう立っていることすらできず、そのまま床にへたり込みそうになるのを、アウグスト様によって壁に押さえ込まれる。

「やはり顔が見えないのはつまらないな」

そう言って彼は、また私を反転させて自分の方へ向けると、噛み付くように私に口づけをした。

もちろん彼の舌はすぐに私の口腔内へ入り込み、その内側を乱暴に探り始める。

「ふう、んんっ！」

上も下も繋がれて、私の中がアウグスト様でいっぱいになってしまう。

「そのまま俺の首に腕を回せ」

命じられるままアウグスト様の首に腕を回せば、彼は両手で私の太ももを持ち上げ、そのまま

揺さぶり始めた。

「ひあ、あ、ああっ！」

支えはアウグスト様の首と腕のみという不安定な状態。さらに自重で、彼を奥深くまで咥え込んでしまう。

「やだ、怖いぃ……！」

「俺がお前を落とすわけがないだろう。そのまま鳴いてろ」

そしてアウグスト様は自分の欲を満たすために、私を激しく揺さぶる。

「ああっ、や、深いの……！」

「ああ、気持ちいいな、ああ……出る……！」

アウグスト様は私に許しを請い、私が頷くと、そのまま中に堪えていた欲望を解放した。

繋がった部分がビクビクと痙攣している。

ぐったりと脱力した私を、子供のように抱っこしたまま、彼は満たされた息を吐いた。

そして私の背中を優しく撫でて、私の額に愛おしげに口付けを落とす。

こんな何気ない仕草に、毎回私は絆されてしまうのだ。

だが、そんな中でも一つだけ言いたい。

「……ふと思ったんですけど」

「なんだ？」

「すぐそばに寝台があるんですから、普通にそこでやれば良かったのではないかと」

いくら私が持ち歩きしやすいポータブルサイズだとしても、駅弁はいかがなものかと思います。

「俺が立ったままやりたかったんだ。悪いか」

「……いえ。別に悪くはありませんが」

いつもより激しくされて、私の体が、特に下半身がガッタガタというだけの話である。

これではしばらく歩けそうにない。

かといって繋がったまま、アウグスト様に抱っこされているのもどうかと思う。とにかくこの不安定な状況から一刻も早く脱したい。

「坊ちゃん。とりあえず一度寝台に下ろしていただいてもいいですか？」

「なんだ、もう一回するのか？」

「…………」

「痛！　カティア、お前な……！」

寝台に下ろしてもらった私が、直様彼の両頬を抓り上げたのは、仕方ないことだと思う。

それから少し休んで……というか、結局私のささやかな反抗に腹を立てたアウグスト様に、もう一回寝台の上でご無体をされ、気絶するようにして少し眠ってしまった後、空腹のため目が覚めて。

仕方なく小鹿のようにプルプル震える脚を叱咤して食堂に行けば、一瞬盗賊と見間違いそうな形の旅人たちが、同じようにドカドカと食堂に入ってきた。

顔見知りなのだろう。彼らは気安くそこにいた宿屋の店主(マスター)に話しかける。

「おい、聞いたか？　ちょっと前に王都へ向かう街道にある吊り橋を魔物に落とされたらしいんだよ。遠回りしなきゃいけねえってんで、しばらくこの店繁盛するかもしれねえぞ」

そしてゲラゲラと、品のない笑い声をあげた。

するとそれを聞いたアウグスト様が、じっと何か言いたげに私を見つめた。

けれど、私は何事もなかったかのように、スープを一口、口に含んだ。

私は、クロヴァーラの民でありながら、魔力保有量が少ない。

それでも普通の人よりは若干多めなのだろうが、勇者パーティとして魔法を行使するには、とてもではないが足りない。

ミルヴァ様やエミリオ様のように頻繁に魔法を使えば、あっという間に枯渇する程度のもの。

けれども私は賢者だ。クロヴァーラの最後の生き残りとして、勇者の役に立たねばならない。

そんな中で、私が選んだのが、時魔法だった。

かつての魔術講師から、時魔法は使ってはいけない魔法だと言われていた。

途方もない魔力を使う割に、その効果は微々たるものだからだ。

かつてこの魔法を構築した大魔術師は、時間を戻そうとして保有する全魔力を使い果たし、空人間になってしまった。そして、そのことに絶望し、自ら命を絶ったという。

けれども私は、時魔法に魅入られた。そして必死に考えたのだ。

この魔法を、魔力保有量の少ない私でも、使えるようにできないか。と。

そこで私が考えついたのは、範囲を指定するということだった。

私の周囲だけ、世界の中でも本当に本当に小さな一部だけを切り取って時を止め、遡らせればいい。

しかも遡れる時間もまた、できるだけ少なく留める。必要最低限のみ、時間を操るのだ。

つまりは、前世世界にあったＲＰＧ（ロールプレイングゲーム）でいうところの『コンティニュー機能』のような魔法だ。

全滅後、自分たちだけをその戦闘が始まるちょっと前の時間に戻す魔法。

私は保有魔力こそ少なかったが、その一方で魔力制御、および魔法の構築に関しては、特出した才能があったようだ。

私はアウグスト様に隠れて、試行錯誤しつつ実験を繰り返した。

ラウアヴァータ子爵邸の庭園で、摘み取った花を握り潰す。

無惨に潰した花を見つめると、小さく呪文を唱える。

するとみるみるうちに、花は美しい元の姿に戻る。

こうして私は手のひらサイズの空間の中の時間を操り、遡らせ、時魔法が成立することを証明してみせた。

我ながら大したものだと自賛する。

おそらく私と同じように時魔法を展開し、使用できる魔術師はまずいないだろう。

この魔法を一般の魔術師が使おうとすれば、範囲指定がうまくできず、全魔力を吸われてしまう。

それほどまでに、繊細な魔力制御を必要とする魔法だった。

クロヴァーラの村は、魔力保有量至上主義だった。

そして私の保有魔力は、アウグスト様の何十分の一にも満たないような量だ。

だからずっと、小さな私(カティア)は自分を出来損ないだと思っていた。

両親にも、村の人たちにも申し訳がないと、いつもその小さな心を痛めていた。

だが、実際のところ魔法とは、魔力保有量だけあればよいというものではなかったのだ。

この時魔法を作り上げた時点で、私は決して、出来損ないではなかったと、今では思っている。

あのクロヴァーラ族であっても、魔力制御において私を超える者はいなかっただろう。

新しい知識のない閉鎖的な場所で、凝り固まった価値観で、人の価値を一方的に断じる愚かさ。

賢者なんて名ばかりだと、今なら鼻で嗤(わら)ってやれるのに。

嗤ってやる前に、彼らは皆死んでしまったのだった。なんとも救えない話だ。

こうして私が設計、作り上げた時魔法は、かつて大魔術師が使ったものよりもはるかに消費魔力が少ない。

それでも、そもそも魔力のそれほど多くない私がこの魔法(コンティニュー)を使えるのは、多く見積もってもせいぜいが三回程度。

それを使い切ってしまえば、私は魔力の枯渇した『空人間』になってしまうだろう。

つまり、私の人生におけるコンティニュー可能回数は、三回までということだ。

そして子供の頃にやはり死にかけたアウグスト様を救うために一回、そしてこの度一回と、すでに私は二回、その貴重なコンティニューを使ってしまった。

残るコンティニューはたったの一回だ。もう、後がない。これだけはできるだけ使わないで、最後の最後までとっておきたい。

どうか強い魔物に会いませんように、と私は祈る気持ちで旅を続けた。

そんな私の願いが通じたのか。その後、私とアウグスト様は特段強力な魔物に襲われることもなく、無事に王都に辿り着くことができた。

「わぁ……！　すごいですねえ！」

初めて見る大きな街、そしてその中心部にある巨大な神殿と荘厳な王宮に、私は感動してしまった。

まさにファンタジーな風景。まるで細密なＣＧ（コンピューターグラフィック）のようだ。

アウグスト様も何気ない顔をしているものの、その実興味津々だということはわかっていた。

「王宮に行く前に、少し街を歩いてみるか？」

私が目をキラキラさせていると、アウグスト様がそんな提案をしてくれる。

きっと彼も散策がしたいのだろう。そしてそれに私に付き合わせたいのだろう。

今日もわかりやすい坊ちゃんである。

本来ならば王命に従い、すぐに王宮に向かうべきなのだろうが、私たちがいつこの街に着いたのかなんて誰も把握していないだろうし、いちいち確認もしていないだろう。少しくらい寄り道したって良いはずだ。

「はい！　一緒に行きましょう！」

そう言って私が手を差し出せば、アウグスト様はおずおずと手を繋いでくれた。

「うふふ。なんだが逢引(デート)みたいですねえ」

「…………！」

私の言葉に、何やらアウグスト様の耳が真っ赤になっている。

昨日の夜、散々好き放題私を抱き潰したくせに、妙なところで純情なお方である。

ラウアヴァータの街も美しいけれど、王都はやはり規模と人口が全然違う。

お店も色々とあって、外から覗き込むだけでも楽しい。

「カティア。何か欲しいものはあるか？」

服飾店に並べられている商品を見ていると、アウグスト様が隣から聞いてきた。

私は驚いて首を横に振る。さすがは王都。全ての流行の最先端。

並べられている商品は全ておしゃれで可愛らしい。

でも見ているだけで十分楽しいのだ。そりゃちょっとは欲しいなあと思ったりもするけれど、付いている値段を見れば、一気に正気に戻る。

やはりさすがは王都。地方に比べて圧倒的に物価が高いようだ。

メイドのお給料からコツコツ貯めたへそくりを叩けば一着くらいは買えるかもしれないが、それならば他のことに使いたいと貧乏性な私は思ってしまう。

大体私は普段子爵邸にいる時は支給された侍女用のお仕着せを着ているし、アウグスト様に付き合って遠出をするときは、馬に乗るために乗馬服を着ていることが多い。

だから可愛らしい服を買ったところで、どうせ着る場所なんてないのだ。無用の長物というやつである。

「ですから大丈夫です。お気になさらず！」

そう私が言えば、アウグスト様の眉間に深く皺が寄った。

どうやら私は、またしても彼を怒らせてしまったようだ。

困惑よりも面倒さが先に出てきてしまうあたり、腐れ縁の仲らしい。

「その小汚い格好で王宮に行って、国王陛下に拝謁するつもりか？」

「へ？　私も立ち会うんですか？」

私は愕然としてしまった。この人、どうやら私を国王陛下の前にまで連れて行くつもりらしい。

国王陛下がお召しなのはアウグスト様だけだ。私はお呼びではないはずで、宿かどこかでお留守番をする気満々だったというのに。

本当に、どこに行くにも絶対に私を連れて行くのだ。困った人である。

「ほら、買ってやるから、なんでも好きなものを選べ」

それはもう命令だった。私は慌てて真剣に商品を見始める。

言われてみれば確かに、小汚い格好で王宮に行って、アウグスト様に恥をかかせるわけにはいかない。

必死で並べられた服を見てみるが、どれもこれも可愛くて、私に似合わなさそうである。

「お前が選ばないのなら、俺が適当に選ぶからな」

選択肢が多すぎると逆に選べなくなってしまうのは、私の悪い癖だった。

「みっともないから、値段を気にするなよ」

「うぐ……」

さらにできるだけ安いものを選ぼうとしていることを見抜かれ、私は呻く。

「……やっぱり坊ちゃんが選んでください……」

全くもって選べなくて、私はさっさと白旗を揚げた。

基本的に私は、他人に物事を決めてもらった方が楽な人間である。

自分で決断をすることを、むしろ苦痛に感じるのだ。

世界には物事を自分で決めたい人間もいれば、極力他人に決めてもらいたい人間もいる。

私はまさに後者だ。これが進むべき道であると誰かに指示してもらって、その枠の中で動くほうが楽なのだ。そのせいで、自らの首を絞めることも少なくないのだけれど。

ちなみにこれはどちらが正しく、どちらが間違っているという類の話ではない。

するとアウグスト様の眉間の皺の深さが、酷いことになった。

しまった。面倒臭がっていることがバレてしまったようだ。

「私、アウグスト様が選んでくださった服が着たいなぁ。アウグスト様の好みの色に染めてほしいなぁ、なんて……」

今回も必殺、甘え声で名前呼びの上、うるうると潤ませた上目遣いによるおねだりである。

若干自分にもダメージが返ってくる作戦ではあるが、若い男の子らしく、アウグスト様はいつもあっさりひっかかってくれる。そんな単純なところがまた可愛かったりする。

「……仕方がないな」

口ではそんなことを言いながらも、よく見れば耳が赤くなっている上に、ほんの少し頬が緩んでいる。うむ。可愛い。

そして思いの外、アウグスト様は真剣に私の服を選んでくださった。

「……これはどうだ?」

悩み抜いた上、彼に手渡されたのはクリーム色の、ふわりと裾が広がるワンピースだった。

裾には金糸による蔓薔薇の刺繍。その内側には繊細なレースが何段にも重ねられている。

値段は、まあ、到底私には手の届かない金額と言っておこう。へそくりを全て叩いても到底無理だ。

私は試着室を借りて、アウグスト様が選んだそのワンピースの袖に腕を通す。

体の線を露出させないデザインながら、動くたびに裾が広がって、中のレースがチラチラと見えるところが非常に可愛い。汚してしまいそうで、怖いけれど。

「わー！」

思わず姿見に映った自分の姿に、感動してしまう。我ながらとても似合っていると思う。

アウグスト様は服飾のセンスもあるのだなと、しみじみ感心してしまった。

神様は少々彼にチートを与えすぎではないだろうか？　少し私にも分けてほしかった。

「どうですか？」

私は試着室を出て、アウグスト様の前でくるりと一回転してみせる。

やはり狙った通りにふわりとスカートの裾が広がって、アウグスト様に中のレースを可憐にチラ見せしてくれる。

この仕掛けが、最高に可愛い。

するとアウグスト様が、その青空色の目を、眩しそうに細めた。

「………悪くない」

それが、彼の最上級の褒め言葉だと知っている私は、嬉しくて笑う。

「それじゃ次にこれを着ろ」

そして私が試着している間に、他にも色々と吟味していたらしい。次の服を差し出されて私は慌てて横に首を振った。

「一着で十分です！　大体そんなに持ち歩けませんし！」

このワンピースだってとんでもない値段なのだ。ラウアヴァータ子爵家のメイドとしての私の一ヶ月分のお給金を、遥かに超えている。

しかもこれから長い旅に出る予定なのに、そんなに荷物を増やすわけにはいかない。

私の叫びにアウグスト様は、また思い切り不機嫌そうな顔をした。眉間の皺の深さがレコード更新しそうだ。

「本当に、これだけで十分なんです」

私が嬉しそうに笑えば、アウグスト様も諦めてくれた。――と思いきや、結局靴に下着にアクセサリーなど、身に付ける一式全てを買ってくれた。

全ての買い物が終わった時には、私はまるで、貴族のお姫様のような姿になってしまった。

嬉しいよりも先に、恐縮してしまうのは、きっと私が与えられることに慣れていないからで。

「ありがとうございます……！　大事にします！」

私が頭を下げれば、アウグスト様は少し唇を尖らせて、不服そうな顔をしている。

これはもしかしてあれか。ご褒美待ちというやつか。

衆目がある中、私は込み上げる羞恥心を必死に押し留めて彼に近づくと、そっと背伸びをしてその唇に小さくちゅっと音を立てながら口付けた。

「本当に嬉しいです。ありがとうございます！　アウグスト様」

するとアウグスト様は一瞬呆気に取られた顔をした。どうやら彼の考えていたものとは違っていたらしい。頬くらいにしておくべきだったのか。

やりすぎてしまったと思ったが、その後すぐに、彼はびっくりするくらい嬉しそうに笑った。

こんなにも嫌味のない彼の微笑みは貴重だ。私も嬉しくなって笑う。

それからしばらく、二人で街中を歩き回る。

「お前はぼうっとしているからな」

そう言って、しっかりと指を絡ませて手を繋いだ。確かにこの人波の中ではぐれたら、もう二度と巡り会えなさそうだ。

いつもなら居心地が悪いその時間が、不思議と気にならない。

それは、私が彼と釣り合う綺麗な格好をしているからかもしれない。なんだかんだと結局、人間は釣り合いを気にしてしまう生き物なのだ。

屋台で食事をしたり、日用品を買い足したりした後で、私たちは覚悟を決めて王都の中心、王宮へと向かった。

間近でみると本当に大きな建物だ。私は圧倒され、間抜けな顔をして見上げてしまう。

門番の兵に、ラウアヴァータ領にやってきた使者から渡された招集令状を見せる。

するとすぐに門を通され、王宮の内部へと案内された。

おそらく呼び出されているのは私たちだけではなく、また前もって招集された人間の情報が城門にしっかりと連携されていたのだろう。

常にこうして保有魔力の多い者たちを、国中から集めているようだ。

荘厳華麗な王宮の中を、キョロキョロ見渡しながら私は歩く。田舎者丸出しである。

その隣でアウグスト様は普段通りに堂々と歩いている。その強靭な精神が羨ましい。

「国王陛下よりお召しがございますまで、こちらでお待ちください」

そう言ってこれまた豪奢な部屋に案内され、私はそこに置かれた長椅子に恐る恐る腰をかけた。

どこもかしこも白と金で彩られており、キラキラと眩しくて、なんだか落ち着かない。

なんせ私は、根っからの貧乏性なのである。

前世何度もテレビで見た、フランスにある某宮殿みたいだ。

当時はお金も時間もなくて、海外旅行なんて行ったことがないから、本物は知らないけれど。

すると私の隣にアウグスト様も腰をかける。私とは違い、背もたれに腕をかけて、さも自分の部屋であるかのように、悠々と寄り掛かっている。

どこにいっても偉そうな、通常通りのアウグスト様である。

「……カティアも、こういうところに住みたいとか思うのか？」

アウグスト様に聞かれて、私は頭をブンブンと横に振った。

「全く思わないですね。落ち着かないです……。早くラウアヴァータに帰りたいです……」

それが本音だった。困ったことに、なんだかんだ言って私が一番落ち着くのは、ラウアヴァータ子爵邸のアウグスト様の部屋なのだ。

アウグスト様は常に私を自分の側に置こうとするため、私は子爵邸で与えられた自室よりも、アウグスト様の部屋で過ごす時間の方が圧倒的に長かった。

しかも最近では寝るときも一緒のことが多かった。理由はお察しである。

本来ラウアヴァータ子爵領は、気候が良く土壌も豊かな上に、敬愛なる旦那様の堅実な領地運営で国内でもかなり豊かな方だ。

けれどもラウアヴァータ子爵邸は、当主である旦那様の気質そのままに、質素ではなく、かといって華美でもない、品の良い重厚な雰囲気のお屋敷なのだ。

私は、あの場所が大好きだった。

「……本当に、帰りたい」

でも私はわかっていた。あの愛しい子爵領に帰ることは、もう二度とないのだろうと。

するとアウグスト様が私の肩を抱き寄せて、その頭頂部に小さく口づけを落とした。

子供の頃から慣れ親しんできたアウグスト様の腕の中は、彼の部屋と同様に酷く落ち着く。

私は深く息を吐いて、目を瞑(つぶ)った。

「このくだらない茶番が終わったら、とっとと帰ろう。そしたら結婚式だな」

アウグスト様が私の髪を戯れに梳きながら、そんなことを言う。

確かに、気がつけば当初予定していた私とアウグスト様の結婚式の日程に近づいていた。

アウグスト様が勇者に選ばれることなく、ここからとんぼ返りして急いでラウアヴァータの地に戻ることができたのなら。

――私たちの結婚式の予定日に間に合うかもしれない。

そんな有り得ない未来を思い浮かべて、私は笑った。その時じくじくと痛んだ心には、気付かないふりをして。

王都中を歩き回って疲れたからか睡魔が襲ってきて、そのままアウグスト様の温かな腕の中でうとうととしていると、突然扉が叩かれて、私は飛び起きた。

どうやら国王との謁見の準備が整ったらしい。

私とアウグスト様は、国王の侍従に導かれるまま、謁見室へと向かう。

部屋に入ればすでに私たち以外にも二人、おそらく勇者候補であろう方々が、空の玉座に向かい跪いて待っていた。

私たちも彼らを真似て、同じようにその場に跪く。

しばらくして国王陛下以下、何人かの身分の高そうな方々が謁見室に入ってきた。

この国の王を前にして、流石に緊張して私の心臓が早鐘のように打ち付けている。

なんてったって国王陛下である。本来私のような平民は、生涯で一度だってお目にかかることのないはずの方だ。

そんな中でも飄々としているアウグスト様の心臓は、一体何でできているのだろうか。やはり鋼鉄か、それとも金剛石か。

「――面を上げよ」

国王陛下の声に、私とアウグスト様は顔を上げる。

国王陛下は恰幅の良い老齢の男性だ。威風堂々としていて、これぞ王様といった感じだ。

確か今の王家は、何代か前の勇者と聖女の子孫だと聞いた。

身長が高く、年齢によって刻まれた皺があれど、矍鑠として格好良い方だ。私は彼のために、首をかなり上に傾けねばならなかった。

若い頃は、さぞおモテになったことだろう。

「我が要請に応え、よくぞ遠方から集まってくれた。礼を言おう」

そして陛下は、私たちの顔を一人一人見渡す。

「……むしろよくぞ生き残ってくれた、というべきか」

そしてそんな含みのありそうな、意味深なことを言った。

まるで生き残っていることが奇跡だと言わんばかりだ。嫌な予感しかしない。

「これからそなたたちには、一つ試験を受けてもらう」

どうやら本当に選抜試験があるらしい。一体どうやって勇者を選抜するのかと私は興味を持つ。

「本来であれば、神の末裔であるクロヴァーラ一族の中から選ばれし賢者が、勇者を見出し、魔王の元へと導くはずだった」

へえ。それは知らなかった。そんな設定があったのか。

なんせ私がクロヴァーラの村にいたのは六歳までであり、そういった詳細な情報は、出来損ないだからと一切与えられていなかったのだ。

クロヴァーラ族が神の末裔であり、勇者と関わり合う一族だということだけ、最後の最後に辛うじて教えられていたけれど。

「……だが、それを知っていたのであろう魔王が、復活してすぐにクロヴァーラ族の村を滅ぼしてしまったのだ」

「…………！」

それを聞いていた勇者候補の皆様が、息を呑む。

あえて勇者を導く賢者たちの住まう、クロヴァーラの村を滅した。

それは、魔王に知性があることを知らしめる情報だからだろう。

「此度（こたび）の魔王には、知性があるということですか……？」

それまで魔王は、魔物たちを増殖させ、ひたすら人間を捕食するだけの存在だったらしい。

だが今回の魔王は、魔物たちを統率し、計画的に襲わせる場所を選んでいる。

「おそらくそうだろう。……そして賢者を失ってしまった今、我らは自らの力で勇者を探さなければならぬ」

国王陛下の顔は、憔悴(しょうすい)していた。きっと、ずっとこの国の滅びと戦ってきたのだろう。

それにしても国王陛下がその仕組みを知っていたということは、クロヴァーラの民はこの国の国王陛下とはつながりがあったらしい。

彼らは外部の人間と、魔力の少ない人間に非常に冷たかったから、どことも交流がなかったのだと勝手に思っていた。

だが確かに勇者を導く都合上、国王陛下とだけは繋がりが必要だったのだろう。

神の末裔であり、賢者であるという選民思想に囚(とら)われて、彼らは人として大事なことを忘れてしまった。

それにしても実際にアウグスト様を見つけ、ここまで連れてきたのだから、自覚はなくとも、私はしっかりと賢者としての使命を果たしていたということか。

――――まるで呪いのようだ、と思う。知らぬ間に筋書き通りに事が進んでいる。

やはり私は神様とやらの道具であり、すべてはその手のひらの上、ということなのだろうか。

なんだか気持ちが悪い。もやもやする。私の心すらも、神の都合で決まっているみたいだ。

けれども、クロヴァーラの人々もよく考えれば、なんとも哀れだ。

古くからの教えに従って、個々人の幸せを犠牲にし、ひたすらに使命を果たさんと生きてきたというのに、世界を救うために手厚く教育していた者たちは全て魔物に食われ全滅してしまい、見下し馬鹿にしていた出来損ないだけが生き残って、選ばれし賢者となってしまった。

ひどく報われない話だ。

まあ、今ここで私が「実は私がその失われたはずの賢者です」と言っても、きっと誰も信じないだろうけど。

なんせクロヴァーラ族でありながら、私の魔力保有量はすでに二回、時魔法を使ってしまったことで残りわずかであり、これ以上の魔力消費を防ぐため、賢者であることを証明せんと、なんらかの魔法を見せることもできない。

きっとこれからも、私が賢者(クロヴァーラ)であることは誰も気付かないだろう。

それでいい、と思う。このまま賢者の一族は、滅びたということにしてしまえばいい。

私のように、魔力が少ないことを理由に蔑まれる子供なんて、いない方がいいに決まっている。できるならクロヴァーラの出身であることを、賢者であることを、誰にも知られないまま生きていきたい。

「……それだけではない。魔王によって、魔力保有量の多い人間ばかりが集中的に魔物に狙われ、その命を落としているという情報が入っている」

確かにクロヴァーラを襲った魔物たちも、魔力保有量の多い者たちを重点的に襲っていた。

「今回そなたたち以外にも数名、この勇者選抜に参加する予定の者たちがいたのだが、ここに来るまでに、皆強力な魔物に襲われてその命を落としている」

私の背筋に冷たいものが走った。確かに強大な魔力を持つアウグスト様を狙って、上級の魔物が襲いかかってきていたことを思い出したのだ。

子供の頃に一回目。そして数日前に二回目と高レベルな魔物に襲われている。全て私がコンティニューして、その襲撃自体をないものとしてしまったけれど。

私がいなければ、彼は間違いなく命を落としていただろう。

また、私が把握していないだけで、他にもアウグスト様を狙ったものの、返り討ちにされてしまった上級魔物も、数多くいたに違いない。

やはり魔王には知性があり、勇者になる可能性のある魔力量の多い人間をあえて狙って、その芽を狩り取っているということだろう。

「では、賢者がいないのに、どうやって勇者を探すのですか？」

震える声で、勇者候補の一人が陛下に問うた。

はい、今大事なところですからね！　アウグスト様！　ちゃんと聞いていますか？　ほら、欠伸(あくび)を噛(か)み殺(ころ)して涙目になってる場合じゃないですよ！

「聖剣をここへ！」

すると国王陛下は自らの後方に向かって、声を上げた。

すぐさま怯えた様子の侍従が、大きく重そうな剣を持ってくる。

明らかに装飾過剰な剣だ。鞘にこれでもかとばかりに埋め込まれている宝石類だけでも、一体どれほどの価値となることか。

一粒で一生遊んで暮らせそうだ。貧乏性な私は、震え上がった。

「そして、我らはクロヴァーラ族の選定の代わりに、この聖剣を使うことにした」

国王陛下はそう言って、自らその聖剣を手に取り、グッと鞘から引き抜こうとした
しかし剣は、国主である彼をもってしても、びくりともしなかった。

「この剣は、我が王家に代々伝わる聖なる剣だ。見ての通り、この剣は神に選ばれし勇者にしか抜けないようにできている。これを、そなた達一人一人に抜いてもらう」

それは実にわかりやすい、テンプレートな試験であった。

何回か創作関連で見たことあるよ、このシステム。小説でも漫画でもゲームでもよくあるやつだ。

「くそっ……！　抜けない！」

そして、私たちの前にいた勇者候補達が聖剣を手渡され、必死に引き抜こうとするが、その刀身が見えることはなく。

落胆し、苦々しい顔で候補者に剣を渡されて、私は困ってしまう。

私は明らかに勇者候補じゃないのに、なぜわざわざ私に渡すのか。この滲み出る使用人オーラのせいか。

多分アウグスト様に話しかけるのが怖いから、私に渡したのだろう。

まあ、確かに無表情の美形って話しかけ辛いよね。仕方がない。中継ぎくらいはいたしましょう。調べたいこともあるし。

私は僅かながら手のひらに魔力を流し、受け取った剣の中身を確認する。

鑑定魔法はほとんど魔力を使わないから、魔力の少ない私でも、気軽に使うことができる。

しかもその精度には自信がある。今だから言えるが、腐っても賢者ということなのだろう。

「……ふうん」

代々王家に引き継がれてきた剣と国王は言っていたが、どうやらそれは真っ赤な嘘だ。

この剣はつい最近作られた新しいものだ。しかも一定量の魔力を持っていれば、誰でも引き抜けるという、単純な仕組みのものだった。

私の前に引き抜こうとした勇者候補たちは、国王が勇者に求める魔力保有量には及ばなかったということだろう。

つまりこれは茶番なのだ。結局勇者が誰かなどと賢者以外にはわからないから、彼らは聖剣なんてものを用意して、魔力量の多い若者を勇者に仕立て上げようとしている。

そのカラクリに呆れつつも私は何も言わず、一応は引き抜く仕草をした後で、アウグスト様に剣を渡した。

茶番ではあるが、実際にこうして勇者を引き当てたのだ。

国王陛下の行動は無駄ではなかったのだろう。

アウグスト様はやる気なく、その柄を引っ張った。すると、シャランと澄んだ金属音とともに、あっさりと鞘が抜け美しい刀身が現れた。これまたキラキラしい。

「おお……!」

それを見ていた人々から、歓声が上がる。これまでの陰鬱な雰囲気から一転、皆明るい表情で喜び合っている。

――嗚呼(ああ)、とうとう勇者が現れたと。

一気に注目を浴びたアウグスト様も、流石に目を見開いて、驚いた顔をしている。

そうですよね。アウグスト様、選ばれない気満々でしたもんね……。

私は驚くこともなく、その姿をただぼうっと見ていた。

私だけは、こうなるとわかっていたからだ。

「おお! 選ばれし勇者よ。どうかその剣をもって魔王を討ち滅ぼし、この世界を救ってくれ」

国王は感激したように、演技がかった口調でアウグスト様に命じた。

まるで舞台のようなその様子を白々しく感じながらも、私はアウグスト様の言葉を待つ。

「――――嫌です」

そして、今日も彼の答えは単純明快だった。うん、わかってた。むしろ聞くまでもなかった。

まさかの勇者就任拒否に、その場にどよめきが走る。

きっとこの場にいる私以外の誰もが、アウグスト様が国王陛下の命令を断るなどと、思っていなかっただろう。

もしこれを聞いていたら、遠きラウアヴァータにいる旦那様なら吐血して倒れそうだ。ここにいらっしゃらなくて本当に良かった。

「……理由を聞いても？」

国王陛下はアウグスト様にそんな無礼な態度を取られても、感情を荒らげることなく、冷静に聞いた。

「この剣を抜いたってだけで、いきなり勇者にされた上、世界を背負わされても迷惑です」

アウグスト様の言葉に、私は思わず吹き出してしまった。そして、笑いを必死に堪える。

かつて、やはり自分も同じように、いきなり世界を背負わされたことを思い出す。

それまで散々私を貶め（おとし）ながら、突然手のひら返して、勝手に使命を背負わせた人たち。

それなのにあの時の私は、馬鹿みたいにそんな身勝手な人たちの希望に沿おうと、必死になっていたのだった。期待されたのだと、喜んでしまったのだ。

今となってはアウグスト様に出会えて、まあまあ幸せな日々を送れたからいいけれど。

あの時、私も彼みたいに「嫌だ」って言ってやれば良かったかもしれない。

今更なんなんだって、ふざけんなって、言ってやれば良かったのかもしれない。

「そもそも勇者なんてものになることで、俺自身に一体何の利益があるんですか？　しかもなんの保証もないのに、魔王を討伐に行けと言われましても」

「貴様……！」

アウグスト様のあまりに無礼な態度に、とうとう堪えきれなくなったのか、隣にいた元勇者候補者が殴りかかってきた。

きっと高い志を持ってここに来た方なのだろう。アウグスト様とは違って。

アウグスト様は指先をわずかに動かすだけで、素早く彼を得意の風魔法で吹き飛ばし、壁に叩きつけた。

――力の差は、圧倒的だった。

近衛兵(このえへい)を含め、この謁見室にいる全員の力を合わせても、アウグスト様にはかすり傷一つ与えることはできないだろう。なんせ、彼は正真正銘の勇者なので。

「それじゃこれで用は済んだということで。帰るぞカティア。とっとと帰って結婚式の準備だ」

「ぼ、坊ちゃーん！」

王様に対してなんたる不敬。流石の私も多少引いた。

もう少し言い方ってものがあるでしょうが。

「……魔物に殺された死者数は、すでにこの国の人口の五分の一にあたる！」

すると突然国王が声を張り上げた。踵を返しかけたアウグスト様の足が止まる。

想定以上の数に流石に私も息を呑んだ。

なんということだろう。そこまで魔物の侵攻は進んでいたのか。

「襲われてひとつの街が丸ごと全滅したこともある。この世界そのものが滅ぼされるのも、時間の問題だろう。……聖剣に選ばれたそなたが魔王を倒さねば、結局のところそなたが大切に思っているというその婚約者も、家族も、友人も、いずれはその命を落とすことになるぞ」

「…………チッ」

それは確かに一理あると思ったのだろう。隣から小さな舌打ちが聞こえた。

私は飛び上がる。本当に怖いもの知らずな男である。

「何が聖剣だ。あんなもの、ただの玩具だろうが」

アウグスト様が憎々しげに吐き捨てる。やはり彼もあの剣のカラクリに気づいていたらしい。

国王陛下はくつくつと人の悪そうな顔で笑った。

こちらも何やら随分と、腹に一物抱えていそうなお方である。

ごく一般的な精神しか持ち合わせていない私は、この場から逃げ出したくてたまらない。

「確かに玩具だが、それでもあの剣を抜けたのは、そなたが初めてだ。つまり、魔王を討伐できる可能性があるのも、今のところそなただけということだな」

「――――はあ、わかりましたよ」

そして、結局アウグスト様は深い溜息と共に、勇者となることを受け入れた。

私の心に、諦念が満ちる。やはり、こうなる運命だったのかと。

「ならばこの討伐に関わる旅費、及び成功報酬、俺が不在となる間のラウアヴァータ子爵領への補償金は請求させていただきます」

そう言ってアウグスト様が提示した金額に、一人せっせと自己憐憫に励んでいた私は、顎が外れそうになった。かなり、というか馬鹿みたいに強気の金額設定だ。

だが、確かにアウグスト様にとって、それは正当な要求なのだろう。

正義だとか、良心だとか、使命だとか。そんなものを理由にして。

人の人生や命を消費しておきながら、一方的に無償を求められて、その対価を誰も払わないなんて。

――――そんなことは、絶対におかしいのだから。

かつて前世において、散々職場でやりがい搾取をされていた私としては、アウグスト様の要求は実に真っ当だと思った。

まあ、少々……いやかなり、その金額設定が強気なだけで。

流石のアウグスト様である。今日も自己評価が素晴らしく高い。

私もそれくらい厚顔に生きたいものだなあ、などと遠い目で思う。

「払わないと言うならそれはそれで。俺はラウアヴァータに帰ります。結婚するんで」

大事なことだからなのか、二回も言った。そうか。アウグスト様、そんなに私と結婚したかったのか。知らなかったよ。

だったらもう少し、その思いを行動で示すべきだと思うけれども。

「わかった。そなたの要求は全て呑もう」

そして国王陛下は、大層な太っ腹であった。

これにてよほど愚かな使い方をしない限り、ラウアヴァータ子爵家は今後数代に渡ってお金に困ることはないだろう。

けれど、自分の要求が全て通ったというのに、いまだにアウグスト様は不服そうだ。

本当は魔王討伐なんて行きたくないんだろうな、としみじみ思う。

うちの坊ちゃんがすみません。ものぐさで面倒なことが大嫌いなんです。

「それにしても、若くしてそんなにも結婚をしたがるとは、そなたの婚約者殿は、さぞ素晴らしい女性なのだろうな」

国王陛下が笑い含みにそんなことを言った。

その期待の重さに私は泡を吹きそうになる。

そんな大層な女ではありません。期待を裏切る気しかしません。

するとアウグスト様が顔をほんの少しだけ緩ませ、堂々と自慢げに暴露した。

「婚約者ならここにいますが」

――この場面で！　それを！　言うな……！

私は心の中で絶叫した。アウグスト様はもう少し人間らしい心を身につけるべきだと思う。

それまで存在すら忘れられていたであろう私に、周囲からの視線が一斉に集まる。

「……その子が？」

はい。私です。誠に遺憾ながら一応婚約者です。現在めちゃくちゃいたたまれないんですけれども。

皆様の、全然釣り合ってないじゃん、という視線が非常に痛い。いや、私だってそう思ってますとも。でもアウグスト様が逃してくれないんです。

なんせ明らかに平民。さらにはこの凹凸の少ない体。顔も童顔で、女性としての魅力があるわけでもなく。さらには特出した魔力や能力があるわけでもない。

きっと皆様さぞかし納得がいかないのだろう。

なんだかんだ言って人間というのは、釣り合いを求めるものだ。

不似合いなものは、見ているだけでも落ち着かないのだろう。私は身を小さくして下を向いた。

けれど、アウグスト様は正々堂々としていた。むしろ若干自慢げだ。

彼の中で、きっと私は価値のあるものなんだろう。

自分が選んだものに、間違いはないと確信しているのだ。本当に素晴らしい自己肯定感だ。

――彼のこういうところを、私は素直に凄いと思う。そして、いつも力付けられるのだ。

うっかり涙が出そうになったところで、アウグスト様がまた爆弾を投下する、

「あ、旅にはカティアも連れて行くので」

「……は？」

まさかの婚約者同伴宣言。本当にどうかと思います。役に立てる気がしません。

ほら、皆様、思い切り引いていらっしゃるじゃないですか。

「カティアがいないなら行きません」

でたー。いつもの私と一緒じゃなきゃ嫌だ発言。

毎度それに巻き込まれて、私は彼に色々な場所へ連れ回されているというのに。

まさか、魔王の前にまで同伴を求められるとは思わなかった。

「そ、そうか。一刻たりとも離れたくないか。なんとも熱烈なことよな。……まあ、人の好みは千差万別だからな」

そこで国王陛下が綺麗にまとめた風に言うけれど、遠回しにアウグスト様の女の趣味が悪いとディスっておられるような気がするんですが。いや、私も常々そう思ってはおりますけれども。

そして彼が常に私を連れ歩くのは、コミュ障で私以外に気軽に話せる相手がいないからであり、生活面において自分では何もできないからであり、決してそんな素敵な理由ではない気もするけれど。

――でも確かにアウグスト様は、本当は寂しがり屋だから。

まあ、ともかくこうして当初の私の予測通り、私たちはラウアヴァータの地に帰ることはできなかった。

これ以上被害が広がらないよう、少しでも早くと、そのまま魔王討伐の旅に出ることになったのだ。

実のところ、このときのアウグスト様の我儘には本当に助かった。

何故なら私は絶対に、賢者として彼の魔王討伐に同行しなければならなかったからだ。

だからもしアウグスト様が私を置いていくと判断したのなら、私は「坊ちゃんと離れたくありません……！」などと心にもないことを宣って、泣いて縋らなければならなかった。

そんな自分を想像するだけで、痛々しさに寒気がする。

ああいうのは可愛げのある子がやるから良いのである。

でも、手段を選べないくらいに、私はどうしてもこの魔王討伐の旅の同行を勝ち取らねばならなかった。

だって限りなくモブにしか見えない私は、実はアウグスト様の賢者であり。

戦闘で全滅した時に出てくる大切なコンティニューボタンでもあって。

――いざというときの、切り札だったりするのだから。

「なるほどなあ、それで俺たちと合流したわけか」

私を置いて、あの小さな村を出て数日。

気がつけば勇者パーティは、野営の度に焚き火の前で集まって、身の上話を話したり聞いたりするのが恒例になっていた。

そしてその時アウグスト様は、私と旅をした日々のこと、彼らと合流した時の話をしていた。

私たちはあの日国王陛下によって、騎士のオルヴァ様と聖女のミルヴァ様と魔法使いのエミリオ様に引き合わされたのだった。

彼らを魔王討伐に同行させたいのだと、国王陛下はおっしゃった。

私としては大歓迎だったのだが、アウグスト様はいつものごとく、不服そうにしていた。

『勇者様。この日をお待ち申し上げておりました』

彼らはアウグスト様に向かい、口々にそう言って跪いた。

これまた美形揃いである。私は圧倒されて、彼らにぼうっと見惚れてしまった。

これぞ勇者パーティといった感じだ。なんなのこの高い顔面偏差値。

アウグスト様を含め、なんだかそのキラキラした空間に入ってはいけない気がして、私はアウグスト様の背後で小さくなっているしかなかった。

きっと彼らは、ずっとこの国を救う勇者を待っていたんだろう。

だからミルヴァ様の目は感動で潤んでいたし、オルヴァ様は武者震いしていた。そしてエミリオ様は期待で目を輝かせていた。

ただただ、私だけが場違いだった。

『我らの力を合わせ、魔王を打ち倒しましょう』

このまま私と二人きりで旅を続けるつもりだったアウグスト様は最初難色を示したが、流石に一人で私を守りながら先を進むのは難しいと判断したようで、渋々ながらも結局は彼らの同行を受け入れた。

当時の彼らには、アウグスト様に対する敬意があった。

アウグスト様、実力と見た目だけは本当に素晴らしいから。きっと彼らが想像していた勇者様像そのものだったんだろう。

――今となっては、その敬意も儚く消えてしまったけれども。

彼らと一緒に旅ができて良かった。だって本当に世話になったのだ。感謝しかない。

オルヴァ様はその大きな体と防御力で私たちを何度も守ってくれたし、ミルヴァ様は何度も傷ついた私たちを癒(いや)してくれたし、エミリオ様は豪快な攻撃魔法で雑魚を一掃してくれた。

少なくともアウグスト様の戦闘が、一気に楽になったことは間違いない。

何もかも一人で対応しなければならない、という状態は思いの外しんどいものだ。

「それにしてもあの時、婚約者も連れて行くってお前が言い出した時は、何言ってんだコイツと思ったんだけどさ。カティアのおかげで俺たちは、随分と楽させてもらってたんだな……」

オルヴァ様が集めた薪を見つめながら、しんみりとそんなことを言った。

「生活の質が今よりも圧倒的に高かったわよね。カティアの作ってくれた料理、とっても美味しかったわ。……ちゃんと、作り方を教えてもらえばよかった」

胸が震える。どうしよう、涙が出そうだ。そんなふうに思ってもらえるなんて。

認めてもらえるということは、こんなにも心を満たすのか。

「たくさん、助けてもらったよね……。今、どうしてるのかな」

まあ、確かにぼったくり宿屋で相場の十倍以上の宿泊費を請求されて、馬鹿正直に払おうとしたり、警戒なく荷物を体から離して盗まれそうになったりと。まあ、色々とやらかしてくれたけれども。

なんだかんだ言って、私は彼らのことが大好きだった。

「……カティアをこれ以上先に連れて行くことはできない」

アウグスト様が苦い表情でつぶやいた。

「……わかってるわ。あの時、カティアの命が助かったのは、本当に運が良かっただけだもの」

ああ、やっぱり私がパーティを外された原因は、あの怪我だったのか、と腑に落ちる。

魔王がいる西へ近づく度、明らかに襲ってくる魔物たちの強さが上がっているのはわかっていた。

無傷で勝てることなどほとんどない。ミルヴァ様の回復魔法がなかったら私たちはとっくに全滅していたはずだ。

ミルヴァ様は最高位の聖女であり、欠損すら治療することができる。アウグスト様やオルヴァ様の四肢のほとんどが、すでに彼女によって一度は修復されていると言っても過言ではない。

あの日、彼らは竜と戦っていた。体こそそれほど大きくはなかったが、非常に俊敏な竜だった。

おそらくは、その竜も魔王によって遣わされた魔物だったのだろう。

私はいつものように邪魔にならぬよう距離を空けて、彼らの戦いを応援していた。

だがアウグスト様が盾で吐き出された炎を受け流しながら、切り捨てた竜の爪が、そのまま私の方へと流れ、襲いかかったのだ。

「……あれ……？」

一瞬、何が起こったのかわからなかった。私は思わず間抜けな声を上げた。

「カティア……‼」

アウグスト様が私の方へ走ってくる。しかも酷く顔を歪めて。一体どうしたんだろう。

お腹が熱い。痛いんじゃなくて、熱い。なんだろう。

そっと下を向いてみれば、私の腹に竜の爪が深々と突き刺さっていた。どうやら貫通し背中まで突き抜けているようだ。

「うわあ……。どうしよう」

危機感なくそう呟いたと同時に、喉奥から血が溢れ出た。どうやら完全に内臓をやられてしまったらしい。

「カティア！　カティア！　カティア……！」

アウグスト様が私に向かって手を伸ばし、迷子になった幼児のように、私の名前を繰り返した。

そして自分の体重を支えきれず、地面に向かって崩れ落ちて行く私を、抱き止めてくれた。

彼の腕の中は、慣れていて安心する。すぐに閉じそうになる目を必死に開けて彼の顔を見る。

くしゃくしゃの、酷い顔をしていた。せっかくの美形が台無しだ。

――――ああ、私、死ぬのかな。

諦めが心にもたげた。それでも、コンティニューを使おうとは思わなかった。

だって、残るは最後の一回なのだ。そんな最後の希望を自分のためになんて使ってどうする。

これだけは、魔王との戦いまで取っておかないと。

自分自身が死んだらおしまいだというのに、この後に及んで私はそんなことを思っていた。

「アウグスト！　早くカティアをこっちに！」

ミルヴァ様の鋭い声に、アウグスト様が我に返って彼女の元まで私を運んでくれる。

「爪をゆっくり引き抜きぬいてちょうだい。それに合わせて血管を修復するから」

私を貫いた竜の爪が、アウグスト様の手によって腹からゆっくり引き抜かれる。さらに血が逆流し、喉に詰まる。

ああ、本当に死んでしまうかもしれない。血と一緒に、命までも流れ出てしまっているようだ。

吐き出す血で窒息しないよう、うつ伏せにされた状態で、ミルヴァ様が回復魔法をかけて続けてくれている。

欠損まで直す、最上位の再生魔法だ。多分私の内臓が潰れてしまったからだろう。

さっきまで熱かったのに、今は、酷く寒い。

アウグスト様の温かな腕とミルヴァ様の優しい魔力に包まれて、私の意識が闇に呑まれた。

――――目が覚めれば、宿屋の寝台の上にいた。

ひどく体が疲れていて、起き上がることができなかったが、幸い体に痛みはない。

おそらくミルヴァ様の再生魔法に救われたのだろう。傷から命まで溢れ出してしまう前に、間に合ったのだ。

けれども死に至るほどの傷を負った衝撃から、まだ心身ともに立ち直っていない感じか。

失った血液は取り戻せないのか、貧血で、ひどく寒くて、体が冷たい。

でもそんな中、不思議と右手だけが温かい。

なんだろうと目だけを動かせば、アウグスト様が私の手を握りしめ、俯いて祈るように目を瞑っていた。

「アウグスト……様？」

掠れる声で呼べば、弾かれたように彼は顔を上げ、私を見て目を潤ませた。

彼はいつも、私が関わる時だけ涙を見せる。

「カティア……。大丈夫か?」

「……はい。ご迷惑をおかけして申し訳ございません。血がちょっと足りないくらいで問題ありません」

さすがはミルヴァ様だ。間違いなく当代一の聖女様である。

彼女がいなければ、私は絶対に助からなかっただろう。

当時、私はミルヴァ様がまだアウグスト様のことを狙っていると思い込んでいた。

だから私が死んでしまった方が彼女にとっては都合が良いだろうに、ちゃんと助けてくれるなんて、本当に良い人だなあ、なんてことをぼうっと考えていた。

「カティア……カティア……カティア……」

すると、アウグスト様がまた幼児化してしまい、私の名前を繰り返しながら縋るように抱きついてきた。

随分と心配をかけてしまったらしい。彼の背中に手を這わせて、私は宥めるようにとんとんと優しく等間隔に叩く。

「大丈夫ですよ。ほら。ちゃんと生きてます」

彼が私のことを大切に思ってくれていることは、その行動からちゃんとわかっていた。

だからできるなら、彼を置いて死にたくないと、そう思う。

私はそのまま彼を抱きしめて、その震えが止まるまでそばにいた。

アウグスト様は私の髪を梳き、頬擦りをし、唇で触れるだけの口付けをした。

性的なものを一切感じさせない、ただ労りだけを感じる触れ合い。

「怖い思いをさせてしまって、申し訳ございません」

「……別に、そんな心配はしていない」

縋るように抱きついているのに、その腕とは裏腹に口はそんなことを言う。

――――本当に素直じゃない、困った人。

私は笑って、お返しとばかりにその柔らかな金の頭を撫でてやった。

そして、その後私は数日のお休みをいただいてから、完全復活を遂げた。元々体は丈夫な方である。

もちろんミルヴァ様には、誠心誠意お礼を言った。

「あなたは命の恩人です！　ありがとうございます！　麗しき聖女様！」

目の前で跪き、大袈裟なまでに感謝の意を表した。

彼女もまた良かったと言って、涙ぐんだ目で笑ってくれた。

褒められるのが大好きなアウグスト様のおかげで、気付けばヨイショが私の特技になっていた。

我ながら皆を幸福にする、素晴らしい特技である。職業をメイドから太鼓持ちに変えた方がいいかもしれない。

一方、アウグスト様はその後、一人うだうだと思い悩んでいるようだった。

私の顔を見ては、深い溜息を吐く。彼が空気を読めないことはわかっているが、この上なく失礼な態度である。

けれども彼にもちゃんと思い悩むという機能がついていたのだな、と前向きに思えば感慨深い。

だが普段異常なまでに判断の早い人なのに。一体どうしたと言うのだろう。

そして、勇者パーティはとうとう魔の領域に最も近い、小さな村に辿り着いた。

そこは、人間が住める最後の場所だった。石造りの小さな家がいくつか並んでいる。

こんなところまで客人が、と村人たちからは驚かれた。村人以外の人間がやってくることは、このところ全くなかったという。

村で一番大きな村長の家を訪ね、話を聞くことにした。

「勇者様……！　よくぞいらっしゃいました。歓迎いたします！」

村長は興奮して出迎えてくれた。

この村の状況を聞いてみれば、村の中心部には美しい泉が湧き出ていて、そこには聖なる力が宿っており、おかげでこんなにも魔の領域に近くとも未だ魔物に襲われずに済んでいるという。

だが、周囲にこれだけ強力な魔物が跋扈（ばっこ）している状態では、外部からこの村までたどり着くのは難しく、さりとてこの村から外へと行くこともまた難しく。

完全に陸の孤島のような状態になってしまったらしい。所謂孤立状態、というやつだ。

なるほど、これはＲＰＧにありがちな、ラストダンジョン前に都合よくある最後の村、最後の回復ポイントに違いない。

「勇者様は私たちの希望です……！」

村長は縋るような目で、アウグスト様を見ていた。魔王が倒されこの近辺から魔物が駆逐されない限り、この村の人たちはいずれ詰んでしまう。だから現れた勇者に対する期待もまた一際大きいのだろう。

その話を聞いて、アウグスト様はまた思い悩むような仕草をしていた。

もちろんそんな状態のこの村には宿屋もないため、村長と交渉し、私たちは小さな空き家を借りた。

その家はちゃんと管理されていて清潔だった。設置されている家具類にも不具合はない。

久しぶりに体を洗えることが嬉しい。寝台で眠れることが嬉しい。このところずっと野営だったから体の疲れが取れていなかったのだ。人間らしい生活万歳。

借りた小さな家は三部屋しかなかったため、私とアウグスト様・ミルヴァ様・オルヴォ様とエミリオ様という部屋割りになった。

これは明らかにおかしい。そこは普通に考えて、私とミルヴァ様がセットになるべきだと思う。だけど婚約者だからという理由で、私は毎回アウグスト様と同じ部屋に放り込まれてしまうのである。

久しぶりの寝台なので、ゆっくり寝たいなあ、なんて思ったりするのだが。

夕食を作り、皆に振る舞ってから、湯浴(ゆあ)みをし、各々部屋に入った時点で、アウグスト様が速やかに防音の結界を張った。

これは果たして、気遣いができる男と言って良いものか。

ちょっとイラッとしてしまう私は、心が狭いだろうか。

アウグスト様が寝台に腰をかけて、私に手を差し伸べる。

「……こっちへ来い。カティア」

「はーい……」

残念ながら、やはりタダでは眠らせてもらえないようだ。私は顔で笑って心で泣いた。

彼の手を取れば、あっという間に引き寄せられ、裸に剥(む)かれ、寝台に押し倒される。

背中に感じる柔らかなその感触に、このまま寝てしまいたいなぁなどと睡眠欲が頭を擡(もた)げるが、もちろんそんなことを許してくれるアウグスト様ではない。

「ふ……うんっ」

アウグスト様の手が、私の肌を滑る。くすぐったさと心地よさに、小さく声が漏れる。

ずっと野営続きだったので、こうして彼に触れてもらうのも確かに久しぶりだ。

アウグスト様の唇が下りてきて、私の呼吸を呑み込む。思わず緩めた唇の間から、彼の舌が入り込む。

柔らかくて熱い舌が、私の内側を這い回る。敏感な場所を暴かれる最初の感覚は、いつまで経っても慣れることはない。

たまにはやり返してやりたくなって、アウグスト様のものよりも短い舌を必死で伸ばして、逆に彼の口腔内を探る。すると驚いたのか、アウグスト様がびくりと体を震わせた。

いい気になった私は、彼の喉奥へ舌を伸ばす。するとそのまま思い切りその舌を吸い上げられてしまった。

「ん―――っ！」

動揺してひっこめようとするが、解放してもらえない。口角から呑み込めなくなった唾液がこぼれ落ちる。

「なにするんですか！」

彼の背中をバンバン叩いて、ようやく舌を解放された私が涙目で抗議すれば、アウグスト様は声を上げて笑った。

それから自らの服を脱ぎ捨てると、また私をシーツの上に自らの体で縫い付ける。

私はなんとなく手を伸ばし、彼の頬に触れた。私のものよりも若干硬い感触。

随分と頬と顎のラインが、シャープになったなあと思う。

旅に出てから身体がさらに引き締まり、そして陽に焼けて、随分と精悍（せいかん）な顔立ちになった。

前のいかにも貴族の美青年といった感じのアウグスト様も好きだったが、今の野性味あふれるアウグスト様も格好良いと思う。きっと私は、どんなアウグスト様も好きだろう。

アウグスト様が彼の頬に触れる私の手を取って、その指先に口付けを落とした。

そして、私の指を口に含む。熱くてぬるりとした彼の舌が私の指先に触れて、ちゅうっと吸い上げられ。


「ひえっ！」

私は慌てて彼の手と口から自らの手を引き抜いた。彼は楽しそうに笑ったままだ。

それからアウグスト様は、私の身体を舌と手を使って散々甚振った。彼に触れられると、私の体はすぐにぐずぐずになって、制御が利かなくなる。

彼の舌が私の身体をたどる。やがて竜の爪に貫かれた場所に至る。

ミルヴァ様の再生魔法により、そこにはもう新たな皮膚ができていて。わずかに周囲よりも色が白くなっている以外に、その痕跡はない。

アウグスト様は、そこをなぜか念入りに舐め上げた。まるでミルクを飲む猫のように。

「……もう、大丈夫ですよ」

彼は、どうやら私のこの傷に責任を感じているようだった。

アウグスト様は何も言わず、私の脚を大きく開かせると、傷痕から離れ、今度は太ももの内側を舌でたどり始めた。

私の脚の付け根へと向かって進んでいく。羞恥のあまり、心の中で悲鳴をあげる。

「あ、やぁ……」

必死に脚を閉じようとするが、もちろん力で敵うわけもなく。

あっさりと彼の舌が私の敏感な襞に至って、そっと舐め上げた。

「んっ……！　やっ！」

最初は優しく触れるか触れないか程度の強さで。

やがて物足りなくなってきた私がうずうずと腰を動かせば、しゃぶるように吸い上げ、歯を当てた。

「ひあああ……！」

私の蜜と彼の唾液で、ふやけてしまいそうな膣口に、アウグスト様の指が入り込む。そしていつものように、私が感じる場所を的確に刺激する。

掻き出すように動かされ、何かが漏れ出る感覚。頭がぼうっとして、何も考えられなくなる。

果てを求めて、私の中に焦燥が溜まっていく。もうだめだ。――――助けて。

「アウグスト様……！　お願い……！」

――――どうか、そこに連れて行って。

するとアウグスト様が強く私の陰核を吸い上げた。私の体が跳ね上がる。

「ああああっ‼」

高い声をあげて、絶頂に呑み込まれる。頭の中が真っ白だ。

下腹が波打って、足がガクガクと震える。丸まってしまったつま先まで、むず痒さが走り抜けていく。

「は……ひあっ、あ……」

びくびくと続く脈動とともに、息が切れて、言葉にならない声が漏れる。

するとアウグスト様は素早く私の中にいる指を引き抜いて、そして自らの猛りで一気に私を突き上げた。

「んあっ！　あ、あああっ！」

まだ絶頂の中にいるというのに、子宮口を抉るように穿たれて、私はまた連続して高みに放り投げられ、そのまま降りてこられなくなってしまう。

そのまま肌を打ち付ける音が響くほどに、ガツガツと激しく揺さぶられる。

「ひっ！　あ！　待って……！　激しすぎるの……！」

過ぎた快感は苦しい。ちょっと待ってほしくて言ったその言葉は、逆にアウグスト様を煽ってしまったらしい。

さらに激しく穿たれて、そのまま様々な体位を試され、何度も何度も絶頂させられ、最後には意識を飛ばす羽目になった。何故だ。

翌朝起きれば、私の体はガッタガタだった。

アウグスト様は私の隣でまだすやすやと健やかに眠っている。

どうやら彼が眠ったのは、私が気絶した随分後だったようだ。うっすらと目元に隈がある。

どんな時でも眠れる図太い人だと思っていたが、やはり何かあったのだろうか。

「いたたたた……」

身を起こせば身体中が軋み、老人のような声をあげてしまう。もちろんその声も掠れたままだ。

昨日どれだけ啼かされたのか。

しかもそこら中に吸い付かれて痕をつけられたため、なんだか全身がまだら模様である。辛い。

だが、ちゃんと体が綺麗に拭きあげられていたあたりには、若干の成長は感じる。

それにしても、こんなにもしつこく抱き潰されたのは、魔王討伐の旅に出てから初めてだった。

何か悩みでもあるのかと心配になった。後で聞いてみようと思う。

そして私は彼を起こさないようにこっそり寝台を抜け出し、服を着て身だしなみを整え、いつものように朝食を作ると、皆を起こしてテーブルの席に着かせ、スープを配膳しているところで。


――突然、アウグスト様から勇者パーティからの離脱を言い渡されたのだ。


おそらくこの怪我のせいで、私が足手纏いであることが明確になってしまったからだろう。

さらに激化していくであろう戦闘の中で、これ以上は戦力外の私の身を守りきれないと、アウグスト様は判断した。

――聖なる泉のあるこの村ならば、私を置いていっても大丈夫だと。

けれども私は、常にアウグスト様のそばにいて、必要な時にコンティニューを発動させて彼を救わなくてはならないという使命があった。

だからどうしても、彼のそばから離れるわけにはいかない。

だけどそれを伝えたところで、一体誰が信じてくれるというのだろう。

確かに私はコンティニュー以外にも、多少の補助魔法が使えるが、戦闘で使用できるものは一つもないし、もちろん他にめぼしい能力も持っていない。

さらには使えるそのわずかな補助魔法ですら、日常的に使うことはできない。

なんせ、本当にぎりぎりしかないコンティニュー用の魔力を、これ以上割くわけにはいかないからだ。

だから結局私には、自分が有用な人間であるということを証明する術がない。

しかも私に残されたコンティニュー可能数は、残りわずか一回。

長く時間を遡らせねばならない時のために、多少ゆとりを持って残してはいるものの、それでも身体中の魔力をかき集めて残り一回分の魔力しか残っていない。

そしてこれはどうしても、対魔王戦のために残しておきたいのだ。

まあ、もし私に魔力が有り余っていて、みんなに時魔法を見せることができたとしても、時間を遡ってしまえば、相手の記憶には何も残らないという残念な仕様となっている。

かつてアウグスト様の前で二回コンティニューをしたけれど、彼の時間もまた遡ってしまうため、アウグスト様にはコンティニュー前の記憶はないようだし。

――だから私が賢者であることも、私の能力のことも、誰も知らないまま。

私は、パーティから追放されることになった。

自分がパーティの中で足手纏いであり、邪魔な存在でしかないことを、私はちゃんと理解していた。

だからこそ追い出されないように、自らに付加価値を付けようと、この旅に出てから一生懸命彼らの世話に励んでいたわけで。

でも、それでも結局パーティからは、離脱することになってしまった。

敵は目に見えて強くなっていて、彼らにも私を庇いながら戦う余裕はなくなっている。

仕方がないことだ。その判断は間違ってはいない。

アウグスト様に対しては、離脱させるにしてもその言い方はないだろうと、かなり腹立たしかったが。

もちろん私の心の傷分、しっかりと報復はさせてもらった。

そうしたら、若干アウグスト様のヤンデレが進行してしまったが。

追放された私は、急遽作戦の変更を強いられることになった。

残された貴重な魔力を使い小鳥に使役魔法をかけて、彼らの旅を見守ることにしたのだ。

「……カティアは、俺たちのために、いつも頑張ってくれていた」

みんなと同じように、アウグスト様もこれまでの私の仕事を労ってくれる。

褒められたくてやっていたわけでないが、彼らのために頑張っていたことを認めてもらえたのは、とても嬉しい。

「そっか……、ちゃんとわかってくれてたんだなあ……」

思わず一人言がもれる。それが遠く離れ、本来は私の耳に入らない状態で発されたものだとしても。

人はやっぱり、報いなくしては、頑張れないものだから。

「カティアに会いたい……」

切ない声で、アウグスト様は力無く呟く。

その声音に、私の胸が締め付けられる。

そんな声をもっと、私の前でも出してくれたら良かったのに。

それにしても、自分のことをこんなにぺらぺらと喋っているあたり、アウグスト様もなんだかんだと彼らに対し気を許し、気に入っているんだろうと思う。

「……腹立たしい。なんで俺が勇者なんてやらなきゃいけないんだ」

アウグスト様が苛々と言った。最初から嫌がってたもんね。

「本来ならラウアヴァータで、とっくにカティアと結婚して、夫婦になっているはずだったのに」

そんなことを言ってふてくされる彼に、皆が呆れたように笑う。

随分と皆と打ち解けたようで、私は嬉しい。——そう、嬉しいはずなのに。

「毎朝、起きるたびにカティアの顔を見つめることができたのに」

オルヴァ様が慰めるように、アウグスト様の金色の頭をガシガシと掻き回した。

彼のそんな姿を見ていたら、何故だろうか。少しだけ、いやらしい感情が溢れてしまう。

まるで自分の居場所を奪われてしまったような、そんな自分勝手な感情。

——ああ、でも。これで良かったんだ。

アウグスト様は私が側にいると、それだけで自分の世界を完成させて、その中に閉じこもってしまうから。

それはきっと、私が彼が望むものを自ずと察して、すんなりと与えてしまうから。

だから彼は、他に手を伸ばそうとしなかった。だって、その必要がないから。

自ら手を伸ばさなくとも、私が勝手に手を差し伸べてしまうから。

そして私はなんだかんだと彼に必要とされることが嬉しくて、彼を甘やかしてきてしまった。

自分で立ち上がることを、明確には強いなかった。

十年以上そうやって、私たちはお互いに進歩なく依存し合っていたのだ。

つまり私は、アウグスト様自身の可能性を潰していたのだろう。——だって。

結局この数日で、彼らはきちんと火を簡単に熾せるようになっていた。干し肉を火で炙って柔らかくすることだって覚えた。地図だって読めるようになった。

本来やろうと思えばできることを、私がいるからと、彼らはしてこなかっただけなのだ。

私の存在は、彼らの経験を奪っていた。自覚すれば、思うよりも寂しさが湧き上がった。

『おまえなんかいなくても、どうとでもなる』

アウグスト様の言葉は、真実だった。

――そう。どうとでも、なるのだ。

私は、彼らから離れて正解だったのかもしれない。

そのうち、アウグスト様も目を覚ますだろう。そして気付くだろう。

本当は私なんかに執着する必要が、ないことに。

そもそも魔王を倒してしまえば、アウグスト様と私の間にある、勇者と賢者という神によって結ばれた因縁もまたなくなってしまう。

そのとき、アウグスト様は今と変わらず私を必要としてくれるのだろうか?

そう考えたら胸が締め付けられた。本当に、馬鹿みたいだ。


「――ああ、私。全然進歩がなかったんだなあ」

彼らを見つめる小鳥の目から、わずかに涙がこぼれた。

第四章　勇者様がくれたもの

小鳥の目から、意識を切り離す。胸がひどく重かった。

彼らと同じように食事を摂ろうと思ったけれど、自分一人だと思うと料理をしようという気力が湧かない。

そのままぼうっと椅子の背もたれに寄りかかり、私は目を瞑る。

何故だろうか、わけもなく涙が溢れてきた。こんなことは久しぶりだ。

かつて生きていた世界では、毎日のことだったのに。

なんだかんだとここで、私はちゃんと幸せだったのだ。

「本当に……成長がないなぁ……」

一人は、だめだ。嫌なことばかり思い出す。

ずっとアウグスト様やみんなに囲まれて賑やかに過ごしていたから考えずに済んだことが、頭の中でぐるぐると回って、止まらなくなってしまうのだ。

――――かつて、私は『地球』という星の、日本という国で生まれ育った。

生まれた時から、両親はいなかった。彼らの情報を、私は一切持っていない。

捨てられたのか、それとも育てることができなかったのか。まあ、今となってはどうでもいいことだけれど。

とにかく私は、生後すぐになんらかの事情で、児童養護施設に預けられたという事実だけがあった。

確かに私は、人よりも、持っているものは少なかった。

だけど私は、自分をそれほど不幸だと思ってはいなかった。

施設の職員はみんな私に優しかったし。同じ境遇の子供達が他にもたくさんいた。

私なんかよりもずっと過酷な状況で、地獄を見ながら育った子達も、少なくなかった。

むしろ全く親の痕跡がなく、生まれた時からここにいられただけ、私は恵まれていたかもしれない。

与えられた境遇にそこまで拗ねることもなく。勉強も嫌いではなかったので、私はごく普通に進学をすることもできた。

そして大人になった私は、ずっと夢だった保育士になることもできた。

ずっと施設で自分の面倒を見てくれた、先生達のようになりたいと思っていたのだ。

私は愛情を持って育ててくれた施設の職員の人たちが大好きだったし、小さな子供たちも大好きだった。

施設の中でお姉さんぶって年下の子供たちの面倒を見ることで、私は自分を肯定することができるようになったから。

だから、子供たちと関わることができるこの職業を、天職だと思っていた。

だが、そんな私を待っていたのは、思った以上に厳しい現実だった。

ある程度話には聞いていたものの、その職は国家資格が必要ながら、驚くほど給料が安かった。

家族のいない私は一人暮らしをせざるを得ず、奨学金の返済もあったから、いつも生活は貧しかった。

さらには捌き切れない多岐にわたる膨大な仕事と、法定就業時間など華麗に無視された過酷なシフトがあった。

仕方がない。だってどんどん仲間が辞めていってしまうから、残った人間でなんとかするしかなかった。

募集をかけても、ちっとも人は集まらない。だって、あまりにも労働条件が悪いから。

けれど国が定めた配置基準を満たさなければ、認可が取り消されてしまう。

よって基準を満たすためには、一人一人のシフトや就業時間を増やすしかなかった。——さらには。

「その時どこを見ていたんですか！　女の子の顔に傷がついたんですよ！」

「誠に申し訳ございません……！」

「傷が消えなかったらどうしてくれるんですか……！　ショックを受けて凛はずっと泣いているんです！」

「本当に凛ちゃんにも申し訳なく……」

頭ごなしに怒鳴られながら、私はひたすら頭を下げる。

当時、私は三歳児クラスを担当していた。国の定める三歳児クラスの保育士の配置基準は、児童二十人に対したったの一人だ。

うちの保育園はギリギリの人数で回しているから、辛うじて配置基準を守っている状態で、その時私は一人で二十人の三歳児を見ていた。

そして私がふと他の子に気を取られ目を離した瞬間に、琢磨くんという名前の男の子が、凛ちゃんの頬を引っ掻いてしまったのだ。

どうやら凛ちゃんが、構ってほしくて琢磨くんの積み上げていた積み木をわざと崩し、それに怒った琢磨くんは思わず手が出てしまったらしい。

気がついた時には、凛ちゃんの頬には一本ぷっくりと赤い線が走って血を滲ませており、二人して号泣していた。

その子たちは普段そんなに乱暴なタイプではないからと、私に気の緩みがあったことは否めない。

「凛を引っ掻いたのはどの子なんです?」

「申し訳ございません。そういったことはお伝えできないことになっているんです」

糾弾も謝罪も、保育園が代わりに引き受けることになっている。余程のことがない限り、基本的に子供たちの揉め事の際に、保護者同士のやり取りはさせない。

事情を知らせた琢磨くんのお母さんは申し訳なかったと平謝りで、治療費も出すとおっしゃってくださったのだが、基本的に治療が必要な場合は保育園がかけている保険から支払われるし、下手な謝罪をして保護者同士が子供達の卒園まで険悪になることは避けたい。

「ふざけないで!」

だが凛ちゃんのお母さんは、相手の子供の親から謝罪がないことが、どうしても許せないようだ。

家族のいない私にはわからないが、親というのは自分自身のことは耐えられても、子供のことは我慢できない生き物であるらしい。

保護者達からひたすら責められるクレーム対応が、日常的にあった。

持っていたはずの希望も夢も、気がつけば全てくすんでしまった。

こんな状況だと言うのに、園長も副園長も、誰も助けに来てくれない。

繰り返される罵倒に、私はひたすら謝罪をし続けて、ようやく気が済んだらしい凛ちゃんのお母さんの背中を見送る頃には、もう疲れ切って体に力が入らない有様だった。

彼女の背中をぼうっと見つめる。

綺麗に施された化粧、ハイブランドのカバン、おしゃれで高級そうな服。

キラキラに塗られた爪。履いているパンプスもピカピカに磨かれている。

一方の私は洗い過ぎてくたびれた園指定のTシャツに、汚れてもいいジーンズ。シミだらけのエプロン。所々爪の割れた指先。

子供達に引っ張られないよう、こぼれないようにひっつめただけの髪。

まるで、別の世界の生き物みたいだ、と思う。

こうしてこの保育園に子供を預けているお母さん方は、きっと私より、ずっとお給料が良いのだろう。

もしかしたら、倍以上も違うかもしれない。

なんだか切なくなって虚しくなって、そんなことを考えてしまったみっともない自分に嫌気が差す。

幼い子供を抱えて働いている彼女達にも、もちろん悩みはあるのだろう。苦しいこともあるのだろう。

日本のワーキングマザーを取り巻く環境は過酷だ。お母さんたちの悩みを聞くことも多いから、ちゃんとわかっている。

どちらがマシかなど、所詮は主観に過ぎない。そんなことを思っても仕方がない。

それに、これは自分で選んだ道のはずなのだ。

業界そのものが全体的に薄給で、日本の平均収入にも遠く及ばない。

だからこそ、新しい人も全然入ってこなくて、深刻で慢性的な人手不足。

資格を持っていても、その待遇の悪さから、他業種の仕事に就く人も多い。

それなのに、払われる給料に対して、求められる業務量や責任があまりにも重いのだ。

だから忌避されても仕方がなくて。

それでも私は、ずっと夢だった職業に就けたのだからと、必死に食いついた。

だって一生懸命に勉強して、資格をとって、ここまできたのだ。

子供たちに初めて先生と呼んでもらったとき、涙が出そうになるくらい、嬉しかったのだ。

たとえ、その賃金が実労働時間で時給換算すると、最低賃金を軽く下回っていたとしても。

私はやりたいことを、させてもらっているはずなのだ。


――だから文句を言うのは、きっと烏滸がましいことで。


保育で使う、作らなければならない素材も多くて、終電ギリギリまでサービス残業をして、それでも終わらなければ色画用紙などの材料を大量に家に持ち帰り、眠る時間を惜しんで作るしかなかった。

子供たちは相変わらず可愛い。無邪気に笑ってくれる。それなのに、私はどんどん笑えなくなっていた。

それどころか、家に帰ると疲れ切って、涙が止まらなくなる。

『あなたに辞められたら困るわ。シフトも回らなくなるし、大体今担当しているクラスの子供たちが悲しむでしょう。それでもいいの？　あまりにも無責任だわ』

心身ともに限界を感じて園長に退職を匂わせれば、そんな風に撥ね付けられてしまった。

結局私は、ここから逃げるための言葉を、必死で呑み込んだ。

逃げることは、許されなかった。私が逃げたら、たくさんの人に迷惑をかけてしまう。子供たちだって、悲しむ。

疲労でボロボロになりながら、どうしても今日中にしなければならないことだけはかろうじて終わらせる、綱渡りのような日々。

夜遅くに家に帰って、シャワーに入って、小さなシングルベッドに潜り込み、眠気を待ってスマホでお気に入りのソーシャルゲームをする。

それは典型的なＲＰＧで。ただストーリーを小説のように読み、時折戦闘し、進んでいくだけの単純なもの。

攻略サイトを読む元気もないし、何も考えたくないから、ボス戦にだってなんの準備もせずに突っ込んでしまう。

もちろんすぐ全滅してしまうけど、そうしたら課金して、コンティニューボタンを押せばいい。

そうしたらあら不思議。経験値を得たままで、無傷の状態に早戻り。

薄給でもこんなに頑張っているんだから、これくらいの贅沢は許されるだろう。

（……自分の人生も、こんなふうに簡単に、コンティニューできたら良いのにね）


——私はきっと、この人生を、どこかで決定的に間違えたのだ。

ある日、いつものようにゲームをしながら寝落ちて、朝起きたら、ベッドから起き上がれなくなっていた。

息が苦しい。眩暈がする。心臓がバクバクして、動くことができない。

眠る前まで使っていたため、枕元に置かれていたスマホを必死に手元に引き寄せて、職場に連絡をする。

「具合が悪いので、お休みさせていただきたいのですが……」

『だったら今日シフトで休みの人に、代わってもらえるように自分で連絡して頼んでちょうだい。あなたが休むと人数が足りないのよ』

「はあ……」

園長に冷たく言われ、仕方なく私は朦朧とする頭で、今日休みのはずの同僚に電話をかける。

具合が悪いから、私の代わりに出勤してほしい、と。そうお願いするために。

みんな疲れているとわかっているけれど、自分自身もそうやってよくシフトを代わることが多いから、きっと誰か引き受けてくれるんじゃないかと、そう期待して。

でも結局、全員に他を当たってほしいとすげなく断られて、あっという間にあてがなくなってしまった。

やっぱりどうしたって、自分が出勤するしかないようだ。

「いかなきゃ……」

私はベッドから身を起こし、下りようとして、べしゃりと床に落ちた。

意識が朦朧とする。胸が苦しい。眩暈が止まらない。なんだこれ。まったく体が動かない。

「お仕事いかなきゃ……。迷惑、かけちゃう……」

それでも必死に起き上がって、服を着替えて。

一歩一歩手すりに縋るようにしてアパートの階段を下りる。

とてもじゃないけれど、エレベータ付きのマンションに暮らすことなんて、できないから。

「…………あれ？」

その時一瞬意識が途切れ、足元が揺らいだ。ふわりとした浮遊感。――――そして、衝撃。

激痛が全身に走った。誰かの悲鳴が聞こえる。

ああ、私。階段から落ちたのか。
このまま死んじゃうのかな。そう思ったら、両目から涙が溢れてきた。
誰も私を助けてくれない。逃げろとも言ってくれない。
――私にはきっと、その価値がない。
いつだって人の言いなりになるしか能のない、利用されるだけの人間。
完全に周囲が闇に呑まれる。どこかへ引き摺り込まれていくような感覚。
寒い。寒くてたまらない。
まあ、いいや。きっと私が死んでも、悲しむ人なんていないだろう。
死んだのなら、流石に仕事に行かなくてもいいはずだ。きっと皆納得してくれる。
死の間際になってまで、私はそんな馬鹿なことを考えていた。

過ぎた責任感が、私を殺したのに。――決して報われたりはしないのに。

世の中には助けてもらえる人間と、見捨てられる人間がいて。
大事にしてもらえる人間と、ぞんざいに扱われる人間がいて。
――結局私は、いつだって後者なのだ。だから。

『逃げろ！　カティア……！』


ああ、アウグスト様。

私があなたのその言葉に、どれだけ救われたかわかるだろうか。

血まみれになって、己の死を間近にして。

それでも幼いあなたは私を助け、逃がそうとした。

てっきり囮にでも使われるのだろうと、冷めた心で思っていたのに。

本当に、あなたっていつも、口だけなのよ。

初めて私を助けてくれた人。初めて私に逃げろと言ってくれた人。


――――だから、私も。あなたに命をかけると決めたのだ。


あの頃、魔法と剣と、二つの才能に恵まれたアウグスト様は、順調に自己愛をすくすくと育てていた。

傲慢で、怖いもの知らずで、そのくせ世間知らずで。誰しもが一度は通る、自意識過剰期。

――ああ、危険だなあ、とは思っていたのだ。

そして案の定、いい気になったアウグスト様は、魔物退治に行くと言いだした。

なんでもラウアヴァータ子爵領の南にある森に、魔物が頻繁に出るようになったのだという。

じわりじわりと魔王復活の影響が、こんな田舎にも忍び寄っていた。

「坊ちゃん。危ないからやめましょうよー……」

「この領地に魔物が入り込んだら困るだろう? 俺にはこの地の領主の後継として、その魔物を排除する義務があるんだよ」

そんな、絶対心にも思ってもいないであろうことを宣い、彼は強引に私を連れて、こっそりと魔物が出るという南の森へ、意気揚々と向かったのだった。

ちなみにそのあとすぐに迷子になったので、結局は私が地図を読みながら、手を引いて連れて行く羽目になったのだけれど。

その森に現れた魔物たちは、全くもって勇者の卵であるアウグスト様の敵ではなかった。

そして森で小さな魔物を狩るのが、彼の日課になった。

やはり剣術も魔法も、訓練よりも実戦の方が上達する速度が速いと彼は言う。

確かにそうなのかもしれない。

剣も魔法もメキメキ上達して、アウグスト様はさらに己の力を過信していった。

森の魔物たちは、アウグスト様の手であっという間に駆逐されていった。

子供たちだけで外出していて、いつ何時事故が起こるかわかったものではない。

私は何度か旦那様に密告し、アウグスト様を嗜めてもらったが、実際に目に見えて魔物による被害が減っていて、旦那様もアウグスト様に強くは言えなかったようだ。

成功経験の積み重ねですっかり天狗になっていたアウグスト様は、私が何を言おうと、魔物退治をやめようとはしなかった。


――そして、恐れていたことが起きてしまった。


徐々に、出現する魔物が強くなってきている気はしていた。

アウグスト様も最初の頃のようにすんなりと倒すことができなくなっており、イライラとしていた。

「もうやめましょうよ、アウグスト様。街に出てこない、害のない魔物までわざわざ狩る必要はないでしょう?」

「うるさい。そんなこと言って、いつ街に出てくるかわからないだろうが」

巨大な兎型の魔物の首に剣を突き立ててとどめを刺し、アウグスト様は息を荒らげながら言った。

「そろそろ帰りましょうよ。みんな心配してますよ」

「じゃあ一匹だけ。それだけ狩ったら帰る」

まあ、それくらいならと同意して、二人でさらに森の奥深くまで向かう。

魔の領域から遠いこの森に、そんなに強い魔物はいないはずだ。そんな油断もあった。

しばらく歩いていくと、アウグスト様の腹の虫が盛大に鳴った。

そういえば、朝から森に入りっぱなしで、お昼ご飯を食べていない。

「カティア。腹が減った。何か食べるものをくれ」

そう言って、アウグスト様が私を振り向く。

なぜ彼は私が何か食べ物を持っていることを確信しているのか。まあ、実際持っているのだけれど。

「えっと……乾燥させた無花果(いちじく)がいくつか……って、坊ちゃん後ろ……！」

そんな気を緩めたアウグスト様の背後から、巨大な熊型の魔物が襲いかかってきた。

その熊はその前足を、私とアウグスト様に振り下ろす。だが、間一髪でアウグスト様がその類(たぐい)稀(まれ)なる反射神経で、私を抱えて飛び避けた。

地響きとともに、魔物の前足が地面へめり込む。避けられなかったなら、完璧に即死だっただろう。

（逃げなきゃ……！　これは流石に無理だわ！）

こんな強い魔物がこの南の森に出るなんて。私の全身から血の気が引いた。

今思えば、この魔物も魔力の高い人間を選んで狩る、魔王が遣わした暗殺者だったのだろう。

アウグスト様が、その熊を火の魔法で攻撃する。

熊は火柱に呑み込まれたが、その体毛の表面を少々焦がす程度で終わってしまった。

「坊ちゃん！　逃げましょう！」

私が叫べば、悔しそうな顔をしながらも、アウグスト様は踵を返して走り出した。

魔物の前足が地面にめり込んでいるうちに、なんとか追いつけないだけの距離を稼ごうと、必死に森の外を目指して走る。

かなり距離を取ったところで、ようやく熊が自分の手を取り戻す。これならば逃げられるだろうと安堵する。

だが、怒り狂ったその熊の走る速度は、私たちの想像を遥かに超えていた。

木を薙ぎ倒しながら、もの凄い勢いで私たちに向かって走り出す。これでは追いつかれるのは時間の問題だ。

「カティア……！」

迫る魔物を前に、アウグスト様が私の名を呼ぶ。ああ、そうだ。私が囮になればいい。

だってこの人は、いずれこの世界を救う人なんだから。私よりもずっと価値のある人間だ。

けれどアウグスト様は足を止め、熊に向かい合うと、今度は風の攻撃魔法を放った。

「俺が食い止めるから、お前はとっとと逃げろ！」

「…………は？」

この人は、一体何を言っているんだろう。私は頭の中が真っ白になった。

だってあなたは貴族で、私のご主人様で。そして、世界を救う勇者様で。

私の足は、全く動かなくなってしまった。

アウグスト様が必死に魔物と戦っている。だが、戦況は明らかに不利だ。

あの魔物にはほとんど魔法が効かないようだ。だから剣で応戦するものの、たった十二歳の少年の振るう剣でつけた傷など、この巨大な熊には到底致命傷になり得ない。

そして、体力の差もあった。魔物はどれほど経っても全く動きが変わらないのに対し、アウグスト様は明らかに速度が落ちている。疲れているのだ。

「カティア……！　逃げろ！　頼むから……！」

立ちすくむ私に、アウグスト様が必死で叫ぶ。

なんてことだろう。彼は命をかけていた。私なんかのために。

嫌だ、逃げることなんてできるわけがない。私のために彼が死ぬなんて、あってはならない。

そしてとうとう、追い詰められたアウグスト様の右腕を、熊の魔物の巨大な爪が切り裂いた。

引き裂かれた彼の右腕が吹き飛んで、私の前に転がる。

そのまま弾き飛ばされたアウグスト様は、木に体を打ちつけて呻き声をあげた。

おそらく身体中の骨が、折れてしまっているのだろう。

「カティア……逃げろ……逃げてくれ……」

それでも彼は、吐き出す血と共に私の名を呼んで、逃げろと言った。

――本当に、馬鹿だ。

ねえ、そんなに大切に思われているなんて、私は今、この瞬間まで知らなかったのよ。

私はずっと、仕方がないからあなたのそばにいただけだったのに。

涙が溢れる。私は血まみれになったアウグスト様を、抱きしめた。

すると残っている左手で、彼は私の背中を抱いた。

――そう、この人を救うのだ。私の全てをかけて。それが私の存在意義。

私は魔力を体に巡らせる。これまで密かに構築していた魔法を発動させるために。

「……時よ、戻れ（コンティニュー）」

魔物の爪が私たちに振り下ろされる寸前。私の周囲の時間だけが、ものすごい勢いで遡り始めた。

これだけ大きな範囲だ。成功するかは分からなかった。だが、このまま殺されてやることなんてできない。

頭の芯に鈍い痛みが走る。それから体が小さな粒子になって、消えていくような感覚。

それらが全て収束して、体に感覚が戻る。それから恐る恐る目を開ければ。

アウグスト様が、例の兎の魔物にとどめを刺そうとしているところだった。

思わず私は、感動のあまりアウグスト様に抱きついた。

成功した、成功したのだ。私たちはまだ生きている！

「わぁ！　カティア？　お前一体……？」

兎の魔物は隙有りとばかりに、ものすごい逃げ足で逃げていってしまう。

だが、そんなことはどうだっていい。アウグスト様が生きていて、その剣を握る右腕がちゃんとあって。

ぼろぼろ涙を流しながらしがみつく私に、アウグスト様は珍しく困ったような、それでいてどこか嬉しそうな顔をしていた。耳が真っ赤だ。

「何をそんなに泣いているんだよ。ほら、泣きやめ。大したことのない顔がさらに不細工になるだろうが」

　頭をガリガリと掻きながら、そんな酷いことを言う。

その実、命をかけるくらいに私のことが好きだなんて。


――――本当に、なんでそんなにお馬鹿さんなの。

ああ、あのとんでもない魔物が来る前に、なんとしても屋敷に帰らなければ。

「坊ちゃんんん！　なんだかお腹が痛いですぅぅぅぅ！　今すぐお屋敷に帰りましょう……！」

「そんなに泣くほどか！　馬鹿！　もっと早く言え！」

するとアウグスト様は軽々と私を背負い、屋敷に向かって走り始めた。

そして私はその年齢の割に広くて逞しい背中に、涙を擦り付けながら嗚咽を漏らしたのだった。

この日から、私のアウグスト様を見る目が完全に変わってしまった。

それまで私は、彼を、かなり冷めた目で見ていた。

けれど私へと吐き出される彼の言葉は、ちっとも彼の心ではないことに気付いてしまった。

彼の行動は、いつも正直だ。だから私は、目に見えるものだけを信じるようになったのだ。


今日も私は、小鳥の目でそんな彼を見守る。

「明日はとうとう、魔王に邂逅するかもしれないな」

全員が身の上話を終えたところで、オルヴァ様が、焚き火の火を見ながら、つぶやいた。

彼らがいるのは、魔の領域の最深部。

おそらく前勇者以降、人間が入り込んだのは初めてだろう。


――――つまりは、決戦前夜。

「やれることをやるしかないわ」

ミルヴァ様はブルリと震えて、自らを抱きしめるようにして言った。

「……死にたく、ないなあ」

エミリオ様も呟く。彼はまだたった十四歳だった。天才とはいえ死地に向かうことに、怯えるのは当たり前だ。

「僕らに賢者はいないのに。アウグストが本当に勇者かどうかすら、わからないのに」

沈黙が落ちる。きっと誰もが密かに心の中で、その疑問を抱えていたのだろう。

アウグスト様は、本当に勇者なのか。

もし勇者だったとしても、賢者が欠員の状態で魔王に勝てるのか。

全てが集まった勇者パーティだって、魔王を倒せず全滅した例が過去にいくつもあるのに。

「……なるようにしか、ならないだろう」

アウグスト様の言葉に、エミリオ様は顔を伏せた。誰だって死にたくないはずだ。

「ただ俺は、絶対にカティアのところへ帰る。結婚しなきゃいけないからな」

アウグスト様の中で、婚約破棄をした履歴がきれいに抹消されている。

今日も素晴らしい前向きさである。

そして、下手な死亡フラグを立てないでほしい。結婚というワードはいけない。

ほら、周囲の皆様も胡乱な目で見てますよ、アウグスト様。

「あんたまだそんなこと言ってんの？　カティアは必死に逃げると思うわよ」

「そうだな、俺たちはこいつに捕まらないようカティアを逃がさないとな」

「アウグストに捕まったら、カティアの人生がお先真っ暗になっちゃうもんね」

皆様言いたい放題である。ありがとう、大好き。

「おい……お前ら……」

アウグスト様が唸ると、皆が吹き出して、ゲラゲラと笑った。

一気に雰囲気が和やかになった。すっかりアウグスト様はいじられキャラになってしまったようだ。私も一緒になって笑った。

それから夜が更けて、皆が眠り付いた頃。

火の番をしているアウグスト様の元へ、私は近づいた。

小鳥の姿の私を見て、アウグスト様が笑う。最近彼は、よく笑うようになった。

「ん？　なんだお前？」

「なんか、カティアに似てるな」

「…………！」

彼の動物的な勘の良さを舐めていました。私は慌てて逃げようとした。

だけどそれより前に彼の手が伸びて、私を手のひらの中に閉じ込めた。

「うん、やっぱり似てる。その琥珀色の目」

そっちか！　私はほっとする。だがこのまま焼き鳥などにされてしまったら困る。

私に新たな依代を作る余裕は、ないのだ。

バタバタ暴れると、手を離してくれた。私は慌てて彼の手から飛び立って、捕まえられないよう、高い木の枝に止まる。

「……死にたくないな。カティアにもう一度会えるまで」

まさかその会いたがっている本人が、ストーカーよろしく自分のことを観察しているとは、さすがの彼も思っていないだろう。

こうして毎日その姿を見ているから、私はなんとも思わないけれど。

ずっと姿を見ることができなかったら、流石に寂しいかもしれない。

「カティアは元気にしているのだろうか……？」

大丈夫。元気にしているよ。——それを伝えることは、できないけれど。

「帰りたいな……」

——ええ、そうね。全てが終わったらラウアヴァータに帰りましょう。

多分、一緒に帰ってあげることはできないけれど。

どうか、無事に魔王討伐に成功しますように。

私は、眠る彼らを見つめながら、祈った。

翌朝、目を覚ました私はまず身辺整理を始めた。

この村で暮らすのも、もう今日で最後だろう。だから、何も残すことがないように徹底的に身の回りを片付ける。いつでもここから出られるように。

それからきれいに部屋を掃除した。借りる前の状態にまで戻すように。

朝食を食べ、風呂に入り全身を磨き上げたあと、王都でアウグスト様に買ってもらったワンピースを身につけた。

もったいなくて、国王との謁見以降一度も身につけたことがない、クリーム色のワンピース。

鏡の前でくるりと回れば、裾がふわりと舞って、繊細なレースがチラリと見える。

このワンピースを買ってもらった日のことを思い出す。もう随分と遠い昔のように感じる。

「楽しかったな……」

アウグスト様はもっと日常的に身につけてほしかったみたいだけれど、私はこのワンピースをここ一番の勝負服として使いたかったのだ。

髪の毛も綺麗にブラッシングして整える。私の黒髪は真っ直ぐ(まっすぐ)でサラサラしていて、まとめるのがなかなか難しい。

でもアウグスト様はこの手触りが好きらしく、よく楽しそうに手で梳いていた。

髪の隙間から触れる彼の指先が心地よくて、その時間が私も大好きだった。

だから今回も梳いてもらえることを期待して、そのまま背中に流した。

随分と気合いを入れているな、と思い、うっすらと笑う。

だって、久しぶりにアウグスト様に会うかもしれないんだもの。少しはおしゃれしたい。

鏡を覗けば、そこにいるのはいつもよりもちょっと美人な私。うん。悪くない。


「――――さて、そろそろかしら？」


そして私はいつもの椅子に座り、また意識をあの小さな小鳥へと飛ばす。

勇者パーティは、いよいよ魔王の元へと到達しようとしていた。

次々に襲いかかる高位魔族たちを打ち倒し、満身創痍になりながらも、彼らは必死にその最深部へと進んでいた。

小鳥は私の命に従って、彼らから少し距離をとって追いかける。

やがて彼らは薄気味悪い、山と城が一体化したような、漆黒の城を見付ける。

――――魔王が棲まう城。

そこに何か恐ろしいものがいることを、小鳥の体であってもひしひしと感じる。

アウグスト様たちは躊躇うことなく、その城へ突入する。

相変わらずうじゃうじゃと湧く魔物たちを屠り、数々の罠をくぐり抜け。

やがて、巨大な広間と、おどろおどろしい玉座が現れる。

――ああ、本当に最後の戦いだ。だが。

その玉座の主を見たパーティメンバーに、動揺が走る。

そこに悠々と膝を組んで座る魔王は、十歳前後の少年だった。

どう見ても、人間にしか見えない。

「な、なんで……!?」

なぜこんなところに、人間の子供がいるのか
ミルヴァ様が、愕然とした表情で呟く。ミルヴァ様は私と同じで子供好きだ。

神殿で幼い子供たちと共に暮らしてきた彼女に、子供の姿をした魔王を殺せというのは、酷な話だった。

彼らは勇者だ。故に、魔物を殺すことには長けていても、人殺しには慣れていない。

けれども私は、魔王の姿を見た瞬間。違った意味で戦慄した。

魔王は、ゾッとするほど美しい容姿をしていた。

その姿は、前世見慣れた黒い髪に黒い目。

全く光を反射しない、奈落の底のような漆黒の目が、恐ろしくてたまらない。

そして私の中で、前々から持っていた一つの仮定が、半ば確信に変わる。

――本来知性のないはずの魔王が、今回に限り知性を持ち得た、その理由。

「ミルヴァ！　よく見ろ！　あいつは人間じゃない！」

オルヴァ様の言葉に、震えながらもミルヴァ様が顔を上げ、もう一度魔王を見る。

よく見れば、魔王の頭の左右に、捻れた角があった。人にはない、角。

人間の形をしていても、人間でなければいい。

そう折り合いをつけたのだろう。ミルヴァ様の目に生気が戻る。

魔王は小首を傾げながらにっこりと笑うと、アウグスト様にどろりとした甘い声で話しかけた。

『よく来たね。勇者とその仲間たちよ』

アウグスト様もニヤリと強気に笑う。相変わらず異常に心臓の強い方である。

「ああ、殺しに来てやったぞ」

勇者の台詞としては、完全にアウトである。すると魔王は楽しそうに笑った。

『君面白いね。ねえ、神の言いなりになるのはやめて、僕のものにならないかい？』

すると魔王が、実にテンプレートな台詞を吐いた。私は思わず吹き出しそうになった。

笑ってはいけない。きっと彼は真面目にやっているのだ。

今回の魔王が知性ある存在だということは、かなり初めの方から分かっていたことだった。

いずれ邪魔になるとわかっていたから、彼は配下の魔物に命じクロヴァーラの村を襲わせ、滅ぼした。

そして勇者となる可能性のある者を前もって刈り取るため、上級魔族を世界に散らばせて、強い魔力を持つものを探索させ、抹殺させた。

それが、アウグスト様が襲われ、命を落としかけた二回分のコンティニューの原因である。

これまでの歴代魔王に比べ、彼は実に計画的に、人間を滅ぼそうとしていた。

――――その理由が、ここにきて、なんとなくわかった。

「……断る。俺は、魔の者になるつもりはない」

アウグスト様は、魔王の提案をあっさりと切り捨てた。だがやはり魔王はにやにやと笑うだけで、全く残念そうには見えない。

『この世界は、君が命をかけて救うほどの価値はないよ』

「価値の有無は俺が決めるものだ。お前に強制される筋合いはない」

『ふふふ。本当のことを教えてあげるよ。この世界のくだらない事実ってやつをね』

魔王はアウグスト様を誘惑するように、甘く囁く。

『おかしいと思ったことはないかい？　何故倒しても魔王は復活し、その度に勇者もまた生まれるのを』

それは、私も常々不思議に思っていたことだった。

魔王は定まった周期で復活しているわけではないのだ。

三百年復活しなかったこともあれば、たった五十年で復活したこともある。

それが一体どういった仕組みになっているのか。私にもわからなかった。

「いや。別に」

するとどうでも良さそうに、アウグスト様は答えた。流石に魔王の顔も若干引き攣る。

すごい。相変わらず人を不快にさせる天才だ。魔王すら不快にさせるなんて。

『……まあ、聞いてよ。それは、神が作った悪趣味でふざけた仕組みなのさ。世界に影響を及ぼすほどに人間が増えると、その調整のため神の手によって魔王が復活し、人間を狩らせてその数を調整する』

流石に皆が絶句した。その仕組みは、あまりにも人間に対し容赦がない。

神が人間を、他の動植物と大差なく扱っているとしか思えない。

――いや、それが本来の、神としての正しい姿なのか。

『そして、人間がほどよく減ったところで、勇者が生み出され、今度は増え過ぎた魔物を狩り、魔王を処分するというわけ。つまり君も僕も、所詮は神の道具なんだよ。くやしくないかい?』

騎士が、聖女が、魔法使いが。誰よりも強いはずの人たちが。愕然とした表情を浮かべている。

皆、魔王の言葉に呑まれかかっている。おそらく彼の声に、何某(なにがし)かの魔術が仕込まれているんだろう。

ありがたいことに、小鳥の耳を借りている私には通じない。

世界の真実に対しては、まあ、そんなことだろうな、と冷めた感想しか浮かばなかった。

元日本人らしく、私は根っからの無宗教だ。

そもそも神とやらに、そこまでの期待をしていない。

確かにこの世界に神はいるのだろう。だがその神がなぜ人間だけを特別扱いしていると、信じられるのか。

私は最初から、神と呼ばれるその存在が人間を愛しているとは、到底思えなかった。

『ともにこのふざけた神の仕組みを壊さないか？　このまま神の思い通りになるなど、腹立たしいだろう?』

「断る」

だが、今日もアウグスト様の答えは単純明快である。

センテンスが短すぎる彼の言葉が、妙に癖になるのはなぜだろう。

周囲に必要以上に気を遣ってしまう自分には、絶対にできないからか。

『何故だ?』

「神も魔族も人間も。俺は正直なところどうでもいい」

どうでもいいんかい、とその場にいた全員が、おそらく心の中でツッコミを入れたことだろう。

「――ただ俺はカティアの、妻のところに帰りたいだけだ」

だから妻じゃないし！　と遠き地で、今度は私が一人でツッコミを入れることになった。

彼と私は相当に険悪な別れ方をしたはずである。だというのにいまだ当たり前のように妻扱いされている。解せない。

あの別れ話はどこに行ったのか。都合よく、彼の中でなかったことになったのか。

『なん……だと？』

魔王様も動揺しておられる。本当にブレないお人だと、私は思わず吹き出してしまった。

うん、アウグスト様のそういうところ、嫌いじゃない。

大体アウグスト様が、世界を救うだなんて高尚な意識を持って、魔王討伐の旅に出たわけじゃないことくらい、私にはわかっていた。

彼はただ、自分の日常を守りたかっただけだ。

本当にどこまでも自分のことばかりの、仕方のない、ダメダメな勇者様だ。

私は声をあげて笑った。戦場にいるみんなも笑った。

魔王だけが、その美しい顔をひどく歪ませた。


『……なるほど。――ならば、死ね』

魔王の体が爆発的に膨張し、獅子(しし)、蛇、鷲(わし)、蜥蜴(とかげ)などが混ざり合った、魔物らしい姿に変わる。

そして、戦闘が始まった。

勇者パーティは健闘した。

魔王の右足を吹き飛ばし、横っ腹に穴を開け、その喉元へと剣を突き立てた。

すぐに修復されてしまうものの、その度に魔王の体は少しずつ小さくなっていく。

なるほど。その仕組みは人間と同じなのだ。

彼もまた生まれ持った魔力を、消費しながら生きている。魔力を補充する能力は、ないのだ。

このままいけば、すんなりと倒せるかもしれない。

そうしたら、私はただ、ここで彼の帰りを待つだけでいい。そう思うのに。


――嫌な予感が、消えない。


不思議と何故か、魔王に余裕を感じるのだ。勇者パーティは満身創痍であるのに。

神の末裔だというクロヴァーラの血を引くからか。

私の嫌な予感というのは、かなりの的中率を誇る。

「…………！」

そして、やはり嫌な予感の通り、私の目に凄惨な場面が映った。

魔王がその口から、黒い炎を吐いたのだ。

飛び退きたはずのアウグスト様の両足が千切れ、オルヴァォ様の右半身が焼け爛れ、エミリオ様の口から大量の血が吐き出された。

神の守護があるからか。全身傷だらけだが、なんとか戦えそうなのは、ミルヴァ様だけだ。

だが凄惨な状況に、彼女の目は絶望で染まり、その体はガタガタと大きく震えていて、もう立ち上がることもできそうにない。

「アウグスト様……!」

私は悲鳴を上げた。そして小鳥の体で必死に地に伏せた彼の元へと向かう。

──もう無理だ。これ以上は誰も戦えない。

アウグスト様はまだ意識があるらしく、うっすらと瞼を開け、焦点の合わぬ目で小鳥の姿の私を見た。

「……お前、こんなところで何やってるんだ？　早く逃げろ」

彼のその言葉に、私の魂が震える。

──ああ、本当にもう、この人は。

私は唇を噛み締める。彼を、みんなを助けなければ。それができるのは、もう私だけだ。

大丈夫。魔王があの攻撃を吐き出すタイミングは、ちゃんと覚えている。

それを避けるように、過去の彼らに伝えればいい。

魔王の動きも少々緩慢になっているところを見るに、先程の攻撃は強力だけれど、おそらく魔王自身にもそれなりの反動があるということだろう。

つまり、あの攻撃を避けることができれば、こちらに勝機はある。

私は意識を小鳥から切り離すと、すぐに集中して自分の中に残された魔力量をチェックする。

使用する魔法、使用する魔力。大丈夫だ。ギリギリだけどなんとか足りる。

残された魔力を全て使っても、遡ることのできる時間はそれほど多くないけれど、仕方がない。

全てが終わったら、私は魔力が枯渇して完璧な『空人間』になってしまうだろうけど、まあいいや。

だってもともとそんなもの存在しない世界で、私は生きていたんだもの。


さあ、行こう。あそこまでなら——飛べる。


私は魔力を体に巡らせて、小鳥のいる場所を目印に転移魔法をかける。

あの小鳥は、元々彼らを見張るためだけの依代だけではない。

旅に同行できない私が、いざという時すぐに彼らの元まで飛ぶための、魔術装置だ。

そして、床を蹴ると、私はその場から消えた。

第五章　勇者様の戦い

アウグストが柄にもなく、勇者なんてものになってもいいと思った理由は、なんてことはない。

ただ好きな女の子に、死んでほしくなかっただけだ。

可愛いあの子に、生きていてほしいと思っただけだ。

そうでなきゃ、世界を救うなんて死ぬほど面倒なことを、面倒臭がりのアウグストがするわけがないのだ。

『いずれはそなたの婚約者も――――』

国王の言葉は正しい。このまま放っておけば、魔王によっていずれはこの世界は滅ぼされ、カティアも殺されることになるだろう。

つまり、結局いずれはカティアや父、そしてラウアヴァータの地や領民を守るために、アウグストは魔王と戦うことになるのだ。

だったら国王にこちらに都合のよい条件を呑ませられるうちに、勇者となることを受け入れることにした。

自分が普通の人間ではないことは、幼い頃から知っていた。
化け物と呼ばれ、恐れられていることも知っていた。
だからこそカティアに巡り会うまで、アウグストはいつも孤独だった。
望んでもいないのに生まれた時から無駄に持っていた、人並外れた能力の数々。
それらが、自分が選ばれし勇者だったからだとしたら。
不思議と少し、幼い日の自分が、報われたような気がした。
――――だが、やはり自分は賢者もいない、出来損ないの勇者だったのだ。
先ほど魔王の爪がかすった頭部の傷から血が流れて目に入ったのか、視界が濁る。
「カティア……」
死の間際、人は母を呼ぶのだという。――――けれどアウグストは、母を知らない。
だから代わりに、世界で一番大切な女の名前を呼んだ。

アウグストが初めてカティアと出会ったのは、八歳の頃のことだ。
屋敷にいることが嫌で、よく抜け出してはラウアヴァータの街に遊びにきていた。
当時のアウグストにとって、屋敷の中はとても息苦しく、居心地が悪かった。
彼を産んだ際の産褥（さんじょく）で、子爵夫人であった母は亡くなっていた。

そして生まれたアウグストが類稀なる魔力を持っていると知った、亡き母を愛する者たちが、母の死をアウグストのせいであると断じた。

残念ながらアウグストは、それを否定するものを持ち合わせていなかった。

母殺しだと言われ続ければ、自分でもそんな気になってしまう。

さらに母の生前からあの屋敷に仕えていた者たちは、アウグストを化け物だと忌み嫌った。

残念ながらアウグストは、それを否定するものも、やはり持ち合わせていなかった。

化け物だと言われ続ければ、自分でもそんな気になってしまう。

父に嫌われているかはわからない。彼はいつも困った顔をして、自分を見つめるだけだ。

冷たさを感じない代わりに、温かさを感じることもなかった。

だが、周囲がどんなに勧めても後妻を娶ることなく、母を偲ぶ父の姿を見る度に、まるで自分が責められているような気がして、アウグストの胸が軋んだ音を立てた。

だからこそアウグストは、自分を忌み嫌う、嫌いな奴らに様々ないたずらを仕掛けてやった。

自分を大切にしない人間を、大切にする必要はない。嫌いな奴らなどどうなったって構わない。

幼いながらに、そう考えたからだ。

身体能力に優れ、莫大な魔力保有量を誇り、非の打ち所がない美貌を備えたアウグストに、物理的に怖いものはなかった。

下手に人並外れた能力を持っているせいで、アウグストの自尊心は山のように高かった。

全ての人間は、自分以下の存在である。だから、そんな奴らのことを気にかける必要はない。

そう自分の心と折り合いをつけ、盛大に捻くれた状態で、アウグストの人格は固まった。

そして周囲の人々は順当に、アウグストをさらに忌避するようになった。

(何もかもつまらないな……)

たった八歳にして、アウグストは人生に倦(う)んでいた。

(何か面白いことはないかな……)

そんな彼がいつものように、居心地の悪い屋敷を飛び出して。

父がそれだけはと譲らない、必要のない護衛を引き連れて、街を適当にフラフラと歩いていると、道端にボロ布の塊のようなものが落ちていることに気付いた。

(なんだ、あれ……?)

ラウアヴァータの街は、衛生管理が徹底されている。

魔物が増えたことで廃れてしまったものの、元々は風光明媚な観光地でもあったからか、街もまた、常に美しい外観を保っていた。

だから、本来なら、あんな汚いものが道端に落ちているわけがないのだ。

いつもの自分だったら、そんなこと、絶対に気に留めなかったはずだ。

それなのに、何故かどうしてもその汚い何かが気になって、護衛が止めるのも聞かずにアウグストはそのボロ布の塊の元へと向かった。

よくみればそれは、人間の子供のようだった。死んでいるかと思ったが、背中が呼吸でぴこぴこ動いているところを見るに、どうやら生きてはいるようだ。

そして、声をかけてやったら、子供は弾かれたように顔を上げた。

アウグストは息を呑んだ。痩せた小さな顔のせいで異常に大きく見える、琥珀色のアーモンドアイ。

どうやら女の子のようだ。綺麗に洗えば絶対に可愛いだろう。

思わず見惚れてしまい、そして、欲しいと思った。

そのときは、多分新しいおもちゃを欲しがるような感覚だったと思う。

「ふん。それなら拾ってやろう。その代わり、今日からお前は俺のものだ。カティア」

我ながら、なんであんな酷い言い方をしてしまったのか。他に何か良い言い方はなかったか。

今でも思い出しては頭を抱える、アウグストの人生における最大の汚点である。

カティアは可愛かった。何をしても可愛かった。しかも賢くて運動神経も良い。

その上気配り上手で負の感情を表に出すことなく、いつもニコニコ笑っていて。

他の連中のように、アウグストのそばにいることを、嫌がったりもしなかった。

それなのに、彼女へ吐き出す言葉は、いつも棘だらけの心にもないことばかりだ。

何を言ってもカティアが優しく受け流してくれるから、甘えている自覚はあった。

彼女は間違いなく子供で、むしろアウグストよりも年下のはずなのに。

不思議と妙に大人びた雰囲気を持っていて。

そんなカティアは、一緒に暮らし始めてしばらくして、アウグストが屋敷のものたちに疎まれていることに気付き、怒って泣いた。

「坊ちゃんはまだ子供なのに！　どうしてそんなことを！」

自分のことでは怒らないくせに、アウグストのことでは泣いて怒るなんて、本当に不思議な奴だと思う。

そもそも自分自身が子供でありながら、カティアはまるで自分を大人であるかのように話す。

アウグストの方がカティアよりも、年下みたいな有様だ。

そしてある日。家族で夕食を摂っている際、使用人たちのアウグストに対する変わらぬ態度に対し、業を煮やしたカティアは、突然アウグストの父であるラウアヴァータ子爵に聞いた。

「旦那様は、坊ちゃんのせいで奥様が命を落とされたと思っていらっしゃるんですか？」

「カティア！　お前何を……！」

それはこれまで誰も触れなかった禁忌（タブー）。アウグストが思わず声を荒らげれば、父は彼を制してカティアに聞いた。

「そんなわけないだろう。カティアは一体何故そんなことを聞くんだい？」

「使用人の皆さんがそう言うんです。私、とても悔しくて。だって旦那様は、坊ちゃんのことが大好きですよね」

するとみるみるうちに父の顔色が変わった。――おそらくは、怒りで。

「あたりまえだ！　一体誰がそんなことを……！」

穏やかな父が激昂（げっこう）する姿を、アウグストは初めて見た。

これまでずっと、父に愛されていないと思っていたのに。

そして屋敷の中の使用人たちが一気に刷新され、アウグストを忌み嫌うものたちが、綺麗に排除されていなくなった。

「私たちは子供だから、辛いことや苦しいことがあったら、大人に言いつけたっていいんですよ」

そう言ってカティアは得意げに笑った。本当に変な奴である。

「そんなこと言って、父上もあいつらと同じように思っていたら、どうするつもりだったんだよ」

アウグストはそれが怖くてたまらなかったというのに。

するとカティアはまた声をあげてケラケラと笑った。

「ないない。だって旦那様って、坊ちゃんのこと大好きじゃないですか。絶対大丈夫だと思いましたよ」

実際に、それを機にアウグストと父の関係は、かなり好転した。

たわいない会話もするようになり、父はとても嬉しそうにしている。

自分は一体何を見ていたのだろうと、思った。

「お前、なんでそんなことがわかるんだよ……」

「だって旦那様の坊ちゃんを見つめる目が、いつもとても優しいんですもの」

カティアは、人の心の機微に敏感だった。だから彼女といると楽なのだ。

「もしそれでもこの屋敷に坊ちゃんの居場所がなくなったら、一緒にどこかに逃げてあげます」

カティアがそう言った時、うっかりアウグストは、それもいいなと思ってしまった。

きっとカティアと一緒なら、どこでも楽しいに違いない。

カティアはアウグストの命令を聞くが、その一方でアウグストが何かやらかした時は、厳しく注意した。

使用人のくせに生意気だと思わなくもないが、確かにカティアの言う通りにすると事態が好転することが多かった。

気がつけばアウグストにとって、カティアは唯一無二の存在になっていた。

つまらなかった人生が、カティアがいるだけで劇的に変わる。

一生涯、ずっと彼女と共にいたい。――だから。

アウグストは痛みで朦朧とする意識の中、走馬灯のように、カティアのことを思い出していた。

下肢の感覚がない。どうやら失ってしまったようだ。

自分が死ぬのはもう時間の問題だろう。血を流しすぎたからか、寒い。寒くてたまらない。

死ぬわけにはいかない。まだアウグストにはしなければならないことがあった。

(……死んで、たまるか)

(伝えてない。まだ伝えていないんだ……)

いつだってこの口から吐き出されるのは、愚かな棘だらけの言葉。

無理矢理ながらも婚約をして、体までつなげておきながら、未だこの心を彼女に一度も伝えられていないまま。

後悔は先に立たない。伝える機会はいくらでもあったというのに。

下らない自尊心が邪魔をして、彼女を傷つけてばかりで。

『これでもう面倒な坊ちゃんのお守りをしなくて良いのだと思うと、清々しますね!』

別れの時の、爽やかな笑顔で吐き出されたカティアの言葉を思い出す。

その言葉は真実だ。全くもって反論の余地がない。

カティアはきっと、アウグストがいなくとも、前を向いて幸せに生きていく。

むしろ彼女の人生に、アウグストは不要だろう。

けれどもアウグストには、どうしてもカティアが必要だった。

彼女がいなければ生きてはいけない。

だからこの旅が終わって、カティアの元に戻れたのなら。

あらゆるものをかなぐり捨てて全身全霊で許しを乞うつもりだった。

もう二度と傷つけたりしない。面倒だってかけない。

だから歪になってしまったこの関係を、一からやり直させてほしいと。

――――そう、決めていたのだ。


だからこそ帰りたい。生きて、彼女の元へ。


アウグストが迫りくる死を前に微睡んでいると、目の前に小さな小鳥がふわりと舞い下りてきた。

地獄のような景色の中で、その愛らしい姿があまりにも現実味がなくて。

アウグストはぱちりぱちりと目を瞬く。こんなところに、一体何故。

そして、昨日の夜もこの小鳥が近づいてきたことを思い出す。

小鳥の目は琥珀色だ。カティアと同じ、綺麗な色。

ああ、こんなところにいたら、巻き込まれて、殺されてしまう。

「……お前、こんなところで何やってるんだ？　……早く逃げろ」

小鳥にそう声をかけてから、失血による意識の混濁を振り払うように唇を噛み締める。

ここで死んでしまうにしても、少しでも魔王の力を削っておきたい。

そうしたら、自分の代わりに誰かが弱った魔王を倒してくれるかもしれない。

――――カティアが、死ぬのだけは。どうしても嫌だ。

せめて残された魔力を全てまとめてぶつけてやろうと、残された腕で体を起こし、アウグストが頭を上げた、その時。

小鳥がぼんやりと光って、大きな何かが目の前に転送されてきた。

人間の形をした、なにかが。

どこかで見た、クリーム色のワンピース。それはアウグストが買ってやったものだった。

カティアがちょこまかと動くたびに裾が揺れて、彼女の華奢な足と綺麗なレースが覗くのがたまらなかった。我ながら良いものを選んだと、自賛した逸品。

だが国王との謁見で着て以降、汚したくないからと言ってカティアは一度も身につけてくれず、アウグストは内心こっそり拗ねていたのだ。

背中に流れる真っ直ぐな黒髪。サラサラと手触りが良くて、隙あらば常に触れていた。

振り返り、こちらを見つめる子猫のような琥珀色の目。

魔法を使っているからか、金色に光って見える。ああ、なんと美しいのだろう。

――――アウグストの、唯一。

これは死を目前にしたアウグストを憐れんだ、何かが見せた幻覚か。

それでもいいいと、その姿を必死に両目に焼き付ける。


「……愛してる。カティア」


彼女の姿に、あんなにも言うことが難しかった言葉が、すんなりと口から溢れた。

「はい。わかってますよ」

すると彼女は、へらりと笑って、そんなことを素っ気なく言った。

この可愛げのない受け答えが、いかにもカティアらしい。

せっかくの幻覚なのだから、「私も愛してます」と返事してくれるとか、もう少しなんらかの補正(サービス)があっても良いのではないだろうか。

アウグストは思わず不服そうな顔をしてしまう。

「ですが今はそういう死亡フラグを立てるのはやめてくださいね！　ちょっと笑えないんで！」

カティアは相変わらず訳のわからない、アウグストの妄想では補填(ほてん)できないことを言い出す。

そこでようやくアウグストは、これが幻覚などではないことに気付いた。

愛を素直に伝えてしまった羞恥で、それでなくとも足りない血が一気に顔に集まって。

それから、ここにカティア本人がいる事実に愕然とし、一気に全身から血の気が引く。

「何でここに……！　馬鹿が！　早く逃げろ……！」

アウグストは血を吐きながら怒鳴る。

意識を取り戻した他のパーティメンバーも唖然として、突然現れたカティアを見つめている。

「逃げませんよぉ。私にも守りたいものがあるので」

それからカティアは、魔王と向き合う。

「さて、真打ってのは、基本的に遅ればせながら登場するものですよね」

『なんだ、お前は？』

魔王が嘲笑する。見るからに戦力外の小娘が一人参戦したところで、己の勝利は揺るがないとでも思っているのだろう。

だがカティアはにっこりと強気に笑った。恐れるものなど、何もないというように。

「――我が名はカティア・クロヴァーラ。勇者を見出し、導き、そして護るもの」

彼女の名乗りに、皆が愕然とする。

クロヴァーラ。つまりは――賢者。

『クロヴァーラだと……!?　馬鹿な！　賢者の村は滅ぼしてやったはずだ！』

カティアは魔王を睨みつけ、それからせせら笑う。

「だからそれの最後の生き残りですよっと。残念でした」

そしてカティアは、魔力を体に巡らせ始めた。

「それにしても本来知性を持たないはずの魔王がこうも色々と用意周到なところを見るに、やっぱりあなたも私と同じ異世界転生者なのかしらね？　まあ、今となってはどうでもいいけど」

するとそれを聞いた魔王が、明らかに動揺した様子を見せた後、カティアに縋るような目を向ける。

（カティアが俺の……賢者(クロヴァーラ)）

途切れそうな意識の中、アウグストはいまだに信じられない気持ちで彼女を見つめる。

誰よりも長い時間共にいたのに、彼女が賢者だなどと全く気づかなかった。

それくらいに、彼女の擬態は完璧だった。

だが言われてみれば、全ての辻褄(つじつま)が合った。

――滅ぼされてしまったカティアの故郷。アウグストと出会った時のあの必死の懇願。

そしてなにより、確かにカティアは賢者として、アウグストに色々なことを教え、導いた。

今現在、アウグストが比較的真っ当に生きていられるのは、間違いなく彼女のおかげだ。

きっと、喜ぶべきなのだろう。だがその一方で、アウグストの心が急激に冷えた。

（……だからカティアは、俺なんかのそばにいてくれたのか）

どんなに酷いことを言われても、彼女が見捨てずにアウグストのそばにいてくれた、その理由。

（なんだ……そういうことか）

アウグストは愕然とする。謎が解けてみれば、実に簡単なことだった。

――――勇者と賢者。古来から続く、魂の繋がり。

カティアは神から与えられた使命として、賢者として。

（仕方が、ないから）

勇者であるアウグストのそばに、ずっといてくれたのだ。

アウグストの胸が酷く痛む。悲しくて寂しくて、このまま死んでしまいたいとさえ思う。

散々彼女に酷いことを言ってきた自分に、そんなことを思う権利はないと分かってはいても。

するとカティアが、衝撃を受けているアウグストに振り向いて、にっこりと悪戯っぽく笑った。

「ああ、そうだ。どうせ忘れられちゃうと思うので、ここで言ってしまいますと」

アウグストは更なる衝撃を覚悟して、唇を噛み締める。

「私もあなたを愛しています。アウグスト様」

そしてなんてことなくあっさりと、突然与えられた愛の言葉に。

アウグストの両目から、涙が溢れた。

目の前の風景が、地獄から天国に変わる。

──ああ、やっぱり死ぬなら今がいい。嗚咽を堪えてアウグストは思う。

今、自分はきっと、世界で一番幸せな男に違いない。

そして練り上がった魔力を、カティアが放出する。


「──時よ、戻れ！」


そうだ。カティアはアウグストが死にかける度に、この聞いたことのない奇妙な言葉を放った。

そうすると不思議と僅かながら時間が遡って、アウグストに人生をやり直させてくれるのだ。

──カティアは忘れると言ったが、実はアウグストは、その全てを覚えていた。

一回目の時も、二回目の時も。そして、三回目の今も。

彼女が隠したがっていることを察して、黙っていたけれど。

だからこそ安心して、アウグストはカティアを危険な場所にも連れ回していたのだ。

いざとなったら、彼女は時間を巻き戻して、逃げることができるから。


──彼女が、自分自身にはその能力を使わないと知るまでは。

かつて竜に死に至るほどの大怪我を負わされた時、カティアはその能力を使わなかった。

その時はミルヴァに治療してもらい、ことなきを得たものの、その時の瀕死のカティアの姿は、アウグストの心にも深い傷を残すことになった。

だからこそアウグストは、カティアをあの最後の村へ置いていくことにしたのだ。

彼女を死なせないために。

周囲がカティアの魔力に満たされ、頭に靄がかかる。

次いで体が細かな粒子になったような感覚。

さらにその粒が再結集して、また元の形に戻るような、何度味わっても慣れない感覚の後。

気がつけば、ここにいる全員が、全滅前の姿に戻っていた。

先程失われたはずの下肢も、戻ってきていた。

その場にいる全員が、信じられない、といった顔をしている。

時間は、魔王が今まさにあの黒い炎を吐き出そうとしている、その時で。

「やっほー！　アウグスト様！　まさかのカティアでーす！　やっぱり気になってこんなところまで追いかけてきちゃいましたぁ！　というわけで気をつけてくださいね。右側から凄い攻撃が来ますよ！」

カティアが下手くそな演技で、誤魔化すようにそんなことを言った。アウグストは喉で笑う。

「……ああ、知っている」

「…………はい？」

アウグストの言葉に、カティアが怪訝そうな顔をした。

きっと彼女は、アウグストに先ほどまでの記憶はないと、勝手に思いこんでいるのだろう。

アウグストは強力な障壁を貼りつつ、記憶にある吐き出された炎の方向から離脱する。

凄まじい黒き炎が襲いかかる。けれど、その方向にはもう誰もいない。

これが二回目だから、皆がちゃんと知っているのだ。

そしてパーティメンバーの誰一人として損傷を受けずに、その魔王の最大の攻撃を躱すと、総攻撃をかけて弱った魔王を一気に追い詰めた。

やがておぞましい断末魔の声をあげ、魔王が地に倒れる。

そして魔王はズルズルと崩れかかった体を引き摺り、魔力を使い切って地面にへたり込み、呆然と戦いの行方を見ていたカティアへと近づいていく。

『なんで……なんで……？』

子供のような幼い声で、魔王はカティアに縋るように聞く。まるで、仲間に対するかのように。

けれどもカティアは冷たい目で、魔王を見据える。

「……ここをゲームの中の世界だと思った？　ここに生きる人々をＮＰＣとでも思ったの？　馬鹿ね。あなたはちゃんと人殺しよ。だからその責任を取りなさい」

カティアの発した、言葉の意味はわからない。

だがその言葉を聞いて、明らかに魔王の目に絶望が満ち、光が消えた。

カティアの元へと辿り着く前に、魔王はぐしゃりと地に潰れる。

アウグストはトドメを刺さんとすかさずその首元に、ずぶりと剣を突き立てた。

もう立ち上がってくれるなと、皆でひくひくと小さな痙攣を繰り返す魔王の体を祈るような気持ちで見つめる。

だがしばらく経っても魔王が動き出す気配はなく。

やがては僅かな痙攣すらも止まってしまった。

――――魔王討伐に、成功したのだ。

「やったぞ……！」

ようやく実感が湧いて、誰もが歓声をあげた。

気が遠くなるほどの、長い戦いだった。皆、満身創痍だ。

だが魔王が世界から消えたからか、勝利に浸る間もなく、周囲の空間が、崩れ始める。

「巻き込まれる前に、離脱するぞ！」

アウグストは相変わらずへたりこんで立ち上がることのできないカティアを抱き上げると、急いで来た道を戻り始めた。

「帰ろう、カティア。父上も待っているだろうからな」

「……はい」

耳元で囁いてやれば、くすぐったそうな顔をしながらも小さく頷いてくれる。

それからカティアは、アウグストの首に腕を絡め、ほうっと安堵のため息を漏らす。

ああ、やはり自分の妻は最高に可愛いと、アウグストは思う。

「それで、帰ったら結婚式だ」

「……はい。ってあれ？　私たち婚約破棄しませんでしたっけ？」

「なんの話かわからんな」

「しましたって！　私をパーティから追放した時に！」

この後に及んで、往生際悪くそんな冷たいことを言うカティアの唇を、アウグストは自らの唇で塞ぐ。

もちろんカティアを手放す気などない。もう二度と彼女が自分から離れることがないようにと、触れ合わせた唇から、こっそり己の魔力を流し込む。

「んーっ！」

カティアがバンバン背中を叩いてくるが、無視してアウグストは彼女の甘い唇を心ゆくまで堪能した。

なんせ彼にはずっとカティアが不足していたのだ。

そして解放されてすぐに涙目で睨みつけてくる彼女に少々拗ねたような表情を向けて口を開く。

「さっき、俺のことを、愛しているって言っただろう？　だったら婚約を破棄する理由がないだろうが」

「……え？　あれ？　な、なんで？」

「全部覚えている。一回目も二回目も、そして三回目もな」

意地悪く笑って言ってやれば、カティアの顔が、見たこともないくらいに真っ赤に染まった。

「うそぉぉぉ……！　じゃあさっきの中二病極まりない名乗りとかを全部覚えてるってことですかぁぁ……！　いやぁぁぁ！　恥ずかしくて死ぬ……！」

愛の告白よりも、魔王に対する名乗りを覚えられていたことの方が、カティアには恥ずかしいことらしい。

そんなカティアの慌てっぷりに、アウグストは声をあげて笑った。

第六章　逃げる賢者と追う勇者

魔王の城を出て、すぐにエミリオ様が転移魔法を展開する。

全身が浮き上がるような不思議な感覚がして。そして目を開ければそこは、王宮の中庭だった。

うっすらと込み上げた吐き気を堪えるべく私は深く呼吸をする。自分の転移魔法は酔わないのに、人様の転移魔法だと酔ってしまうのはなぜだろう。車の運転と同じ理論か。

「きゃーっ！」

すると、周囲にいた女官たちが叫び、逃げ出した。

確かに勇者パーティは、血みどろである。普段血なんて見ない生活をしている方々には、かなり衝撃的(ショッキング)な光景だろう。

そして、何事かとなだれ込んできた近衛兵たちに、オルヴァ様が誇らしげに声をあげた。

「我らは魔王討伐に成功した！　早急に陛下へご報告を……！」

だが彼は言い切ることなく満足げな顔で、ばたりとその場に倒れた。

おそらく血を流し過ぎたのだろう。さもありなん。

するとそれに釣られるように、アウグスト様とエミリオ様もまた、ばったりと地面に倒れた。

彼らの怪我も酷い。これまで動き回れていたのが、不思議なくらいだ。

おそらく気合いだけで立っていたのだろう。

そして生命の危険がなくなったと確信したら、ぷつりと緊張の糸が切れてしまったのだろう。

そのまま中庭で死体のように転がって、意識を失ってしまった。

「ちょっと！　あんたたち大丈夫⁉」

そう言って彼らに駆け寄り回復魔法をかけようとしているミルヴァ様自身も、もちろん満身創痍である。

ふらふらと、足元がおぼつかない。

そんな英雄たちの命を救わんと、すぐに神殿から神官や聖女が派遣され、彼らの治療にあたる。

そして男性陣が全滅した今、ここで状況説明ができるのはミルヴァ様しかおらず、国王陛下に報告をするべく、彼女は呼び出され謁見へと赴き。

魔力は失ったものの、無傷でピンピンしている私は、家族としてアウグスト様の治療の付き添いをすることになった。

オルヴォ様とエミリオ様は、各々王都に住んでおられるご両親やご兄弟が駆けつけてくれたけれど、アウグスト様には、元婚約者の私しかいないからだ。

魔王討伐成功の報に、王宮は、王都は、一気にお祭りモードになっていた。

それはそうだろう、なんせ無事伝説の通りに、勇者によって魔王が倒されたのだから。

なんでも勇者たちの目覚めを待って、盛大な行進(パレード)と祝賀会(パーティ)が行われるらしい。

うーむ。アウグスト様が死ぬほど嫌がる未来しか見えない。

私がいなくとも、誰かがちゃんと彼を説得してくれるだろうか。

(――ああ、だから。そういう思考がダメなんだって)

私は眠るアウグスト様の髪を、さらりと撫でる。彼の負った傷は、全て治療されている。

それでも目を覚さないのは、おそらくは積み重なった疲労のせいだろうとのことだった。

「賢者様。何かご入用なものはございませんか?」

アウグスト様に付き添っていると、女官たちが心配そうに声をかけてくれる。

ミルヴァ様ったら、実は私が賢者であったことまで、しっかりと国王陛下に報告してしまったのだ。

もちろん私は否定した。だってもう私には、全く魔力が残されていない。

完全に「空人間」になってしまったのだ。

とてもではないが、賢者なんて名乗れるような人間ではない。

「ミルヴァ様酷い!」

アウグスト様の様子を見に来た口の軽いミルヴァ様に私は抗議する。だが彼女はどこ吹く風だ。

「だって口止めされていないし。いいじゃないの。勇者パーティの一員として、報奨金くらいしっかりもらっておきなさいな。もしかしたら爵位や年金も貰えるかもしれないわよ」

今日も欲望を隠さない生臭い聖女様である。まあ、普通に考えたらそうなのだろう。

でも私はもう二度と、クロヴァーラの名を名乗るつもりはなかった。

魔王の前での名乗りが、最初で最後の予定だったのだ。

いやあ、あれは恥ずかしかった。ただ、ちょっと格好良さげに颯爽と登場したかっただけなのに……。

一生に一度の大舞台として挑んだものだから、ちょっと私は頭がおかしくなっていたのだ。良い年齢して、中二病を発病してしまった。

まさかコンティニュー後もみんなに記憶が残ったままだなんて、知らなかったのだ。

しかもどうせ忘れちゃうだろうからと、アウグスト様に熱烈な愛の告白までしてしまったし。

思い出すと恥ずかしくて、思わず身悶えしてしまう。

でも今になって考えてみれば、確かにあの時魔法の構築は、前世でやっていたRPGのコンティニュー機能を参考にして作ったものだ。

前世、私のプレイしていたゲームにおいて『コンティニュー』とは得た経験値はそのままに、戦闘前に時間が戻る機能だった。

ゲームだとこの時に高額なキラキラした石であったり、神殿への高額なお布施であったりが必要になるのだが。

つまるところ経験値とは、戦った際の記録である。

だから私だけではなく、皆の記憶も残っていたのだ。

これによって私が賢者だという事実が知れ渡ってしまった。もう、逃げるしかないだろう。

なんせクロヴァーラの血を濃く引き継いだ人間は、この世界にもう私しか残されていない。

いずれ権力者の誰かが賢者の血筋を残そうと、私や私の子孫に干渉し、家畜の交配のような真似をしようとしたならば。

背筋が冷える。可能性としては十分にあり得る話だ。

あの喪われたクロヴァーラの村が、それを証明しているではないか。

けれどもあの村のような状況に、絶対に置かれたくはない。

でも、そんな恐ろしい話をミルヴァ様にすることもできず、私は困ってしまった。

「そんなに心配しなくても。カティアのことはアウグストが命をかけて守るわよ」

あっけらかんと笑うミルヴァ様。だがこれはそんな簡単な話ではない。

アウグスト様はきっと、私が賢者であることを無意識のうちに知っていて、執着していたんだと思う。

だってそうでもなければ、彼が道に落ちていた薄汚い子供を拾う理由がない。

一目惚れだなどとアウグスト様は言ったが、私は彼に一目惚れしてもらえるような容姿ではない。

それこそは神によって作られた、勇者と賢者の魂の繋がり。

おそらく運命の強制力によるものだろう。だって、あまりにも話が出来過ぎている。

だから、今回魔王討伐に成功したという事実をもって、アウグスト様との縁もまた切れると私は考えていた。

――運命から解放され、作られた感情から目を覚まし、私に固執しなくなった彼に、私は耐えられそうにない。

それに、たとえ実際には運命の強制力なんてものがなくて、アウグスト様の心が変わらなかったのだとしても。

私はやっと、これで全ての柵（しがらみ）から解放されたのだ。

アウグスト様との主従契約も無事破棄されたし、もちろん賢者としての使命だって、きれいさっぱり片付けてみせた。

「つまり、これからようやく私の自由な人生が始まるというわけですよ！」

私はミルヴァ様を前に熱弁した。そう、私はもう与えられたノルマは果たした。

だからこれから何をどうしようが、私は自由だ。誰からも文句を言われる筋合いはない。

「というわけでミルヴァ様。私がここから逃げたいと言ったら、協力してくださいますか？」

「あら？　やっぱりアウグストから逃げるの？　彼を愛しているとか言ってなかった？」

私の笑顔が引き攣る。やはりあの愛の告白は、皆にバッチリ聞かれていたらしい。羞恥心が止まらない。

「それは忘れてくださいってば。それに愛ってのは全ての免罪符じゃないんです。愛していると言えば彼のこれまでの行いが全部チャラになると思ったら、大間違いなんですよ」

私はにっこりと笑った。そう、愛とは全ての免罪符ではない。それはそれ、これはこれである。

するとミルヴァ様もにっこり笑った。やっておしまい、と言わんばかりに。

パーティから離脱した際に彼に言ってやったように、私はもう、彼のお世話係は辞めると決めたのだ。

このまま彼のそばにいたら、きっと私は惰性のまま、ずっと彼のお世話をし続けることになるだろう。

それはお互いのために、あまり良くないと思うのだ。

共依存の関係から進歩なく、幸せになれる気がしない。

――彼も私も、もうお互いから自立をしなければ。

そして、アウグスト様が昏睡状態である今が、逃亡の絶好の機会なのだ。

アウグスト様が起きていたら、勇者であり、おそらく世界で最も戦闘能力の高い彼から逃げることは、ほぼ不可能である。

それに彼の姿を目の前にしたら、絶対にこの決心が鈍ってしまう。なんせ私はちょろいので。

「でも本当にいいの？　やっぱり勿体ないと思わない？　もしかしたら報奨金どころか、爵位をもらえて貴族になれるかもしれないわよ」

叙爵など、さらに冗談ではない。

勝手に賢者の家系などとされて、賢者を繁殖させるための道具にされる未来しか見えない。

「いやあ、自由に勝るものは何もないです。旦那様を見ていると貴族って本当に大変だなあと思うし」

欲のないことね、とミルヴァ様は肩を竦めた。彼女はしっかりと貰えるものは貰うつもりであるらしい。

相変わらずミルヴァ様は、欲望に忠実に生きておられる。そんな欲深いところも大好きだ。

そんな彼女は国王への報告の際、同席していた王太子殿下に一目惚れされたそうで、求婚されているとか。

なんせ救国の聖女なのだから、王太子妃としても申し分ない。

もしかしたらその欲望のまま、この国で最も高貴な女性になってしまうかもしれない。ぜひ頑張ってほしい。

きっと彼女はその権力をもって神殿の子供たちを始めとする多くの人たちを救うだろう。

でも私は、ミルヴァ様よりもずっと利己的な人間だから。

「これでようやく私、自分のためだけに生きられるんです」

行きたいところに行き、食べたいものを食べ、遊びたいように遊ぶ。

たとえ選ぶことが苦手でも、自分の人生を、ちゃんと自分で選びたいのだ。

これ以上、誰からも何からも干渉されたくない。その権利を私は得たと思う。

そんな私の言葉に、ミルヴァ様はほんの少しだけ、寂しそうな顔をした。

二人で王都からの脱走計画を立てた後、私は荷物をまとめると、アウグスト様の部屋に行き、その枕元へと戻る。

傷は全て治療してあるから、痛みもないようだ。眠った顔は、安らかだった。

きっと近いうちに、彼は目を覚ますだろう。つまりは逃げ出すのに一刻の猶予もない。

「……お世話になりました」

小さな声でそう言って、最後に彼の顔を目に焼き付けるように見つめる。

やはり今日も、麗しい顔立ちである。

この顔を十年以上見続けていたせいで、私はすっかり面食いになってしまった。

おかげで次の恋のハードルが、山のように高くなってしまった。一体どうしてくれるのか。

心の中で、アウグスト様でもどうしようもないことで文句を言って、少し笑って。

その滑らかな頬に、一つ口付けを落とす。

どうか、幸せになってほしい。その隣にいるのが、私ではなくとも。

それから部屋を出て、ミルヴァ様が待つ、王都の中心部にある大神殿へと向かう。

最初から話は通っているのだろう。素晴らしい神々の彫刻が施された大理石の門を潜ってすぐのところで、待っていた聖女見習いであろう可愛らしい少女に導かれ、彼女の部屋へと入る。

神官服を身にまとったミルヴァ様は、相変わらず麗しい。

肌の露出のない衣装なのに、なんでこうも色香が溢れ出ているのか。

「いらっしゃいカティア。アウグストとのお別れの挨拶は済んだの？」

「はい。大丈夫です」

それから先程の見習い聖女の少女に服を借り、身に纏う。

そんな私の姿を見て、ミルヴァ様はケラケラと腹を抱えて笑った。

「似合うわ！　全く違和感ないわ！」

本来聖女見習いは十二、三歳までなのだが、小柄な私に見習い聖女の衣装はよく似合った。

そんな私は現在十九歳である。だというのにこの違和感のなさが切ない。

この姿で神殿内を歩き回っても、きっと誰も気にしないだろう。やはり神は不公平である。

「聖女ミルヴァの使いだと言って、この木の札を持っていけば、王都内ならどこでも通過可能よ」

そして、美しい木彫りの札のようなものを渡される。

私はミルヴァ様に協力してもらい、彼女に仕える見習い聖女のふりをしながら、王都を抜け出すことにしたのだ。

「本当にありがとうございます。このご恩は一生忘れません」

私が深く頭を下げると、ミルヴァ様は困ったように笑った。

「いいえ、私こそお礼を言わなくては。あなたのおかげで助かったわ。魔王戦の時だけではなく、一緒に旅をしていた時も。ずっとあなたは私たちのために心を砕いて働いてくれた」

――――当たり前になって、気づかなかったこと。見えなくなってしまったこと。

己の不明さを、ミルヴァ様は恥じてみせた。そんな彼女に、胸が苦しくなる。

「とても愚かだったわ。だからまたあなたに会えたなら、絶対にお礼を言おうと思っていたのよ」

涙が出そうだった。こうして彼女からちゃんとお礼を言ってもらったのは、初めてだ。

「ありがとう。カティア」

「こちらこそありがとうございます。ミルヴァ姐様。惚れそうです」

「誰が姐様よ。変な敬称をつけないで。そして悪いけど私は王太子妃になる予定なの。諦めてちょうだい」

二人でそんな冗談を言い合って笑う。やっぱりミルヴァ様は格好良い。

「さて、行きましょうか」

ミルヴァ様が王都の外門まで神殿の馬車で送ってくれるというので、お言葉に甘える。

女同士の気兼ねないおしゃべりであっという間に時間は過ぎて、馬車が止まる。外門に着いたのだろう。

馬車の扉が開かれ、いざ私の新たな人生を踏み出そうとした、その瞬間。

私の逃避行は終わりを告げた。――――なぜならば。

「ひいっ……！」

そこには笑顔を浮かべながら、楽しそうに私に手を差し出すアウグスト様がいたからである。

爽やかな笑顔のはずなのに、その身に纏うオーラは、魔王すらも凌駕（りょうが）するのではないかと思うほどに凶悪だ。

思わず私の全身から血の気が引き、足が震える。

完全に肉食獣を前にした、草食動物のそれである。

「こんなところまで、どうしたんだカティア？　行きたいところがあるのなら、俺に言ってくれれば、どこへでも連れて行ってやるのに」

怒っておられる。この上なく怒っておられる。間違いなく、これまでで一番。

「おやまあ坊ちゃん。いつお目覚めになられたので？」

だが私とて、ここで引くわけにはいかない。なんせ目の前にあるのは、ようやく手に入れたはずの自由である。

私がへらへらと笑って誤魔化せば、アウグスト様もまた更に微笑みを深くした。

どうやらさらに不機嫌になった模様。うっかり煽った私も悪いけれども。

さて、この場をどう切り抜けようか。

「ついさっきだ。お前にかけておいた追跡魔法が警鐘を鳴らしてくれてな。ついでに目が覚めた。いい仕事をしてくれたよ。それからいい加減、坊ちゃん呼びはやめろと何度も言ったな」

「はいはい。では、アウグスト様。今すぐその追跡魔法とやらを解呪してください」

魔力を失ったから気が付かなかった。いつそんな魔法をかけられていたのか。

「敬称は要らない。ただのアウグストでいい」

そんな無茶な。長年の使用人生活でそれは難しい要望だ。

そしてしれっと追跡魔法のことは流されたし。

「……別に呼び方なんてどうでもいいじゃないですか？　私があなたを呼ぶことも、もうないでしょうし」

追跡されようがなんだろうが、ここで私たちはお別れだ。

私が冷たくそう言えば、アウグスト様は小さく唇を噛み締める。

彼が傷付いているのがわかる。すっかり彼の表情が読めるようになってしまった自分が切ない。

自分のことよりも、アウグスト様のことばかりを考えて生きてきたから。彼の些細な変化だって私は見逃さない。

胸が痛い。覚悟を決めたはずなのに、彼を傷つけることが、こんなにも苦しい。

この姿を見たくなかったから、こっそりと逃げようとしたのだ。私は、卑怯（ひきょう）だから。

きっといつものように、私が謝って彼の元へ戻れば丸く収まるんだろう。

でもそれじゃ、お互いになんの進歩もない。だから。

腹の底から込み上げてくる何かを、私が必死に堪えた、その時。

「…………すまなかった」

一瞬、空耳かと思った。それほどまでに彼の唇からその言葉が出てくることが、信じ難かったからだ。

生まれて初めてもらったアウグストの謝罪に、驚いて目を見開く私の前で、彼は突然跪いた。

そしてそのまま地に頭を付ける。つまり土下座スタイルである。

いや、話には聞いていたけれど、本当にやったよこの人！

山のように高い自尊心はどうしたの⁉

衝撃のあまり、私の全身がガタガタと震える。何か裏があるようにしか思えない。

周囲にも響めきが走る。なんせ、明らかに貴族階級の、超絶美青年の土下座である。

まあ、そもそもこの国に、土下座という文化はないのだけれど。

「カティア。これまで本当にすまなかった。詫びたからといって許されるものではないが」

世界を救った勇者様を土下座させている私、ちょっとすごいかもしれない。

などと思わず現実逃避をしてしまうが、それどころではない。

彼が私に謝罪するのは、正真正銘これが初めてのことだ。余程の覚悟を決めてきたのだろう。

「二度とお前を貶すような言葉は吐かない。嫌がることもしない」

「……はあ。そうですか」

私の冷たい答えに、アウグスト様がまた明らかに傷ついた顔をする。

「私なら情に脆いから、謝りさえすればすぐに絆されてくれるとでも思っていました？」

小首を傾げて、アウグスト様の顔をのぞきこみながら、私は聞いた。

何かを思い出したのであろうアウグスト様が、息を呑む。

そう、これはかつて、彼が言った私を侮辱する言葉だ。

これくらいで私が絆されると思ったら、大間違いなのだ。

――などと強気に出てみたものの、彼の悲しそうな顔に、すでにジクジクと罪悪感で胸が痛んでつらい。

深くため息をついて、心を落ち着かせる。そう、伝えたいことは、しっかりと伝えなければ。

「……一つ。種明かしをしましょうか？　あの小鳥。覚えてますか？」

私が入り込んだ、琥珀色の目をした小さな小鳥。私はくすくすと笑ってみせる。

「私、あの小鳥の目を借りて、ずうっとアウグスト様たちの後をつけて、監視していたんです。とっても面白かったです。特に、アウグスト様の身の上話と恋愛相談」

アウグスト様が、目を見開き、その顔を青ざめさせた。

自分の言い放った言葉の数々を、思い出したのだろう。

「私、やっと、自由になったんです」

――賢者の使命からも、アウグスト様からも。

「前にも言いましたけど、私、もうあなたのお世話は懲り懲りなんです。これからは自分のことだけを考えて生きていきたい」

アウグスト様は唇を噛み締めた。今にも血が滲みそうなほどに、強く。

そして、また地面に額を擦り付けた。いや、さすがにそろそろ立ち上がってはくれまいか。お願いだから。

羞恥心という機能を、ぜひ身につけてほしい。

「……自分のことは自分でする。もう二度とカティアの手は煩わせない」

アウグスト様は私を繋ぎ止めようと必死だ。こんなにも切実な彼を、私は初めて見た。

ああ、やっぱりダメかもしれない。だから彼を前にしたくなかったのだ。決心がグラグラ揺れ動く。

――だって私は、なんだかんだ言って、アウグスト様のことが好きなのだ。

「なんでもカティアの言う通りにする。なんなら今度はお前が俺を、所有物にしてくれてかまわない」

「はい？」

何やらおかしな方向に話が進んでいる。

残念ながら私には、アウグスト様と違って、そっちの傾向はない。

「カティアは好きにしてくれていい。なんだって、自分のしたいことをすればいい。ただ、俺がその隣にいることを許してくれれば、それで」

随分と太っ腹な雇用契約になってきた。本当にこれアウグスト様なのか。一体何があったのか。

「一緒にいてくれるなら、なんだってする。あっ、あい、愛しているんだ」

噛んだ。愛の告白を噛みまくった。

噛みまくっているのに、確かにその言葉が真っ直ぐに私の心に響く。

やっぱり間違いなく、アウグスト様だ。

恥ずかしいと思うことが、だいぶ人とズレているところとか。

「……もうそこまで執着する価値は、私にはないと思うんです。魔力を使い切ってしまって空人間ですし。身分も違いますし、お金もありませんし、女性らしい膨らみに乏しいですし」

私は動揺しつつも、子供に言い聞かせるように、彼に素直に現状を伝える。

「前にも言ったろう。それらは全て俺が持っているから、なんの問題もない。そもそもお前が賢者だってことも、俺はついこの前まで知らなかったんだからな」

相変わらずアウグスト様は全てを足し算引き算で計算しているらしい。ちなみに女性らしい膨らみは持ってないだろう。その発達した胸筋で私より巨乳であることは間違いないが。私は思わず笑ってしまった。

「――――神によって、与えられた感情だとは思いませんか？」

そして、笑ってしまったついでに勇気を振り絞って、最も懸念していることを、こぼした。

これは自身から生まれ出た想いではなく、魔王を倒すため、勇者として神に植え付けられた想いではないのかと。

すると、アウグスト様は押し黙り、ぎりっと不快な音を立てて歯軋り（はぎし）をした。

お行儀が悪いからやめなさいと注意したくなる心を、グッと堪える。

「……それは、むしろお前だろう？」

縋るような、声だった。まるで幼い時の、愛に飢えていた頃のアウグスト様のような。

「お前こそずっと、賢者だから仕方なく、馬鹿な俺のそばにいたんだろう？」

確かに、それは事実だった。アウグスト様の目に、うっすらと涙の膜が張る。

あまりの居心地の悪さに、思わず私は後退（あとずさ）る。

なんせ私は周囲に気を配りすぎて、常に前もって争いの芽を摘み取る生き方をしていたから、人を泣かせたことなんてないのだ。

「だから魔王を討伐し終わった今、俺を捨てて逃げようとしているんだろう？」

「…………！」

そうだった。私は完全に自分のことを棚にあげていた。

自分の心だけは、当然のように自分のものだと思っていたのだ。

私の心は、魔王討伐から何も変わっていない。だったら、アウグスト様だって変わるわけがないのに。

「……随分と逃げるのが上手くなったものですね。私」

アウグスト様の心を勝手に想像し、怖がって逃げてしまった。

だが逃げるというその行為自体、私はこれまでしたことがなかったのだ。

こうして捕まってしまったけれど、これは随分な進歩と言えよう。

「……悪いが逃がせない。逃げたら全力で追わせてもらう」

「うわあ」

これはもう詰んだとしか言いようがない。人類最強の存在に追われて、逃げ切れるわけがない。

私は細く長く息を吐いた。これはもう、あきらめるしかないのではないだろうか。

「……その代わり、俺から逃げる以外のことなら、俺はなんだって受け入れる」

真っ直ぐに空色の目が、私を見据える。

私も彼に目を合わせる。こうしてしっかりと互いを見つめるのは、随分と久しぶりな気がした。

「ならアウグスト様。背中を踏んでもいいですか?」

試しにそんなことを言ってみた。土下座とはその背を足で踏んでなんぼである。

流石に怒るだろうと思いきや、アウグスト様はむしろちょっと嬉しそうに頷いた。

「ああ。好きにしろ。いくらでも踏むがいい」

「…………」

それでは私にそういう特殊な性癖があると、周囲の皆様に誤解されてしまうではないか。

「じょ、冗談です。とにかく立ってください」

私は慌ててアウグスト様を無理矢理立たせる。なぜ彼はちょっと残念そうな顔をしているのか。

それから、彼の膝や額についた土を手のひらで落とそうとした。

すると彼は慌てて、私よりも先に自分で叩いて土を落とした。

私に面倒はかけないという言葉を、忠実に守ろうとしているのだろう。

こんな健気なアウグスト様は初めて見た。魔王を倒して憑き物でも落ちたのだろうか。

まさかこれまでの言動全てが、本当に魔王の呪いだったとか。

そんな馬鹿馬鹿しいことを考えてしまうほど、彼は別人のようだ。

パーティメンバーから散々受けた説教が効いたのか、私に捨てられそうになっている状況に怯えたのか。

そして、アウグスト様は恐る恐る震える指先で、私のワンピースの袖を小さく握る。

「カティア、愛している。愛しているんだ」

怯えを含んだ声。とうとう幼児化が始まってしまった。同じことしか言えなくなるという不思議な現象。

そして彼は、私に縋り付くようにして抱きついた。

「頼む。結婚してくれ……！」


同じ求婚でも、こんなにも心への響き方が違うものか。

かつてされたプロポーズらしきものと比較してしまい、私は失笑する。

そんな私たちの様子を、ミルヴァ様を含め周囲の方々が固唾を呑んで見守っている。

私は思わず深いため息を吐いた。ちょろいと正直自分でも思う。

けれどこんなにも愛を請われると、やっぱり嬉しくなってしまうのだ。

愛している人を、突き放すことは難しい。

観念した私は手を伸ばし、アウグスト様の背中に這わせた。するとびくりと大きく震えてから、肩口に感じたのは温かな彼の涙。

「言っておきますけど、次に何かやらかしたら、すぐに逃げますよ」

「ああ、わかった」

「その時にはアウグスト様以外のパーティメンバーが、総力を上げて私の逃亡に協力してくださるそうなので。そう簡単には捕まりませんよ」

「……ああ、わかった」

「それから、私はもう魔力がなくなっちゃったので、何かあったら守ってくれますか？」

私とアウグスト様は、腐っても元勇者と元賢者だ。

そのことで私やいつか生まれてくるであろう子供たちが、下らない思惑に巻き込まれるのは避けたい。

「……俺の命に代えても守る。絶対に。誰にも手出しさせない」

その言葉が嘘ではないことを、私は知っている。

だって実際に彼は、私を守るために、何度もその命を落としかけたのだから。

アウグスト様は魔王との戦いで魔力を使い切った私とは違い、いまでもちゃっかり魔力を大量に残しているらしい。案外計算高い方である。

つまり彼はいま、間違いなく世界で一番強い人間であり。そんな彼が全力で守ってくれたら、もう怖いものなんてないだろう。なんせ救国の勇者様なのだから。

私はとうとう白旗を上げた。ここまできたら仕方ない。

「……それなら、諦めてあげます。一生あなたのそばにいてあげる」

私がそう言った瞬間、つま先が浮いた。彼が私を抱き上げたのだ。

そして、その空色の目から、ぼろぼろと涙をこぼした。

なんだか笑いが込み上げてきてしまった。本当に仕方のない人だ。

すると勇者の求婚の成功に周囲から拍手喝采が起こった。

私たちは完全に見世物状態だったようだ。気付いた私は恥ずかしくて死にそうになった。

しかも、知らぬ間にオルヴァ様とエミリオ様もいるし。彼らは病み上がりに何をしているのか。

だが、アウグスト様はみせびらかすように高々と私を担ぎ上げて、幸せそうに笑っている。

私がポータブルサイズだからこそできる芸当である。

「よっし！　何かあったら言えよ、カティア。俺、今回の魔王討伐の褒賞で騎士団長になったから。我が国の騎士団の誇りにかけて、そこのクズ勇者から絶対に逃してやるからな！」

「私も神殿の代表として、しかも未来の王妃として、なにかあったらそこのクズ男からどんな手を使ってでも逃してあげるから安心しなさいねカティア。いつでも相談してちょうだい！」

「僕も。魔術を使えばそこのお子ちゃま勇者から逃げ出す手段なんていくらでもあるからね。未来の大魔術師にぜひ御用命を。我が魔術師団が全力でカティアの逃亡を援護するよ」

これはまた、この国有数の後ろ盾ができてしまった。

それなら本当に勇者に追いかけられても、逃げられるかもしれない。

そして生死を共にしたはずの仲間たちに徹底的にダメ出しされているアウグスト様が、ちょっと可哀想になる。

やっぱり日頃の行いが大切なのだろうなあ、などとしみじみと思いつつ。

「フッ……。そんなことには絶対にならない。もうこれまでの俺とは違うんだからな」

アウグスト様が偉そうに、聞いてててちょっと恥ずかしいことを言った。

正直なところ人がどこまで変われるのかはわからないが、まあ、いざとなったら逃げてしまえばいい。

今の私には多額の報奨金もあるし、心強い仲間だっている。

前世とは違い、今の私には逃げ場所がある。

きっとまあ、どうにかなるだろう。


だからとりあえず今は、どこよりも居心地の良い、この腕の中にいたい。

私はアウグスト様の胸元に顔を擦り寄せた。

エンディング　勇者は賢者を手に入れる

「確かに魔王の言った通り、我が国の人口の推移と魔王復活の時期を調べてみたところ、ぴったりと一致いたしました。人口が増えれば魔王が復活し、彼らによってある程度人口を減ると、今度は魔王を討伐する勇者が現れる。やはり『魔王』という存在は、この世界に負担をかける人間の人口増加に対する神の粛清、と考えることができます」

私たちは無事魔王を討伐した報告をするため、再度王宮に訪れていた。

国王陛下の前だからか、みんな正装をしている。勇者パーティは私を除いてみんな美形揃いなので、眼福である。

「なんということだ……」

ミルヴァ様の報告に、国王陛下が額を押さえて呻いた。

おそらくこれがこの世界の仕組みなのだろう。本当にこの世界の神様はどうかと思う。

だけどまあ、昔私がいた世界の神様の話も、身勝手なものが多かった。

神は人間を滅ぼす存在として描かれていることも、実は多いのだ。

それから、あの魔王だった少年を思い出す。

私と同じ異世界転生者か、はたまた異世界転移者か。

見た目の年齢通り、おそらくはまだ子供だったのだろう。

彼はこの世界の現実を、ゲームのように考えていた。

そう思わなければ、こんな世界に飛ばされたことに、魔王の役割を与えられたことに、耐えられなかったのかもしれない。

そして、自分を巻き込んだ神の作ったくだらない仕組みを、壊そうとしたのだろう。

もちろん彼の犯した罪は罪として、消えることはないけれど。

「一体どうしたらいいのだろうな……」

オルヴァ様も頭を抱えた。生殖は、さすがに人間の尊厳に関わる部分だ。

権力者であっても、安易に手を出して良いものではない。

覚えている限り、そこに強制力をもって介入した法が成功した例を、私は知らない。

だから私は、前世の記憶から提案することにした。

「あのぉ……」

「おお、賢者殿には何かよいお考えでも?」

賢者だとバレてから、国王陛下以下、周囲からの態度が全然違う。

勇者アウグストの身分違いの婚約者という立場から、随分と出世したものである。

やはりあの恥ずかしい名乗りはするべきではなかったと、心の中で反省する。

きっとあれは私の生涯における一番の黒歴史として、燦然と輝き続けることだろう。

どうせなかったことになるからと、ちょっと格好つけたかっただけなのに。誠に遺憾である。

それに実のところ私の魔力は最後のコンティニューで完全に枯渇してしまったので、賢者などと呼ばれる資格はないのだが。

何やら綺麗なドレスまで着せてもらっちゃって、突然のＶＩＰ待遇が非常に落ち着かない。

「ええと、どうぞ賢者ではなく、カティアとお呼びくださいませ。ちょっとしたご提案なのですが、まず法的に婚姻可能年齢を引き上げるのはどうでしょうか。現在の十三歳から十八歳くらいに。そして、子供の労働を禁じるんです。貧しい家に子供が多いのは、子供を労働力とみなしているからです。こちらをやめて、少ない子供を丁寧に教育し、育てる方向へと、国民の意識を転換させるんです。そうすることで、優秀な人材も増えることになります」

私がツラーっと喋ったことを、皆が真剣に聞いてくれる。書記官さんも必死になってメモをしている。

「かつて私が生まれ育った場所は、それなりに豊かでありながらも子供が少なく、人口は減る一方でした。そこでは人一人育てることに、大変なお金と労力が必要だったからです」

実際日本だけではなく、クロヴァーラの村も子供たちは少なかった。あそこはまあ近親交配が進んでいて子供ができにくかったということもあるし、子供一人一人に手厚い教育をしていたからだろうと思う。

その場にいた皆様から、さすが賢者様と感嘆の眼差しで見られて、私はちょっと調子に乗る。

「それから安全かつ手軽な避妊方法を確立させ、一般に普及させましょう」

そして、自然な人口減を狙えばいい。

確実な避妊方法がないから、この世界では妊娠を避けられず、産むか堕胎するかのどちらかしか選択肢がなくなるのだ。

バースコントロールが行き届いて、うまく世界の人口を調整することができれば、魔王はもう二度とこの世界に復活しない。そして勇者と賢者も必要とされない。

減りすぎちゃう可能性もあるから、これらの調整は本当に難しいのだけれど。

「私、体に優しく大して魔力を使わない、しかもちょっと練習すれば誰でも使える、良い避妊魔法を作ったんですよー！　どうですかね！」

まるで前世における通販番組のごとく、私が自慢げに言えば、「さすがは賢者様！」と皆が感心してその仕組みを聞いてくれた。

まあ、簡単に言えば女性の子宮口に魔力で薄い膜を作るだけの、単純な魔法である。

けれどこれがまたほとんど魔力を使わない上に、避妊効果も高く、女性も男性も使うことができるという優れものなのだ。

この魔法が普及すれば、男女ともに望まない妊娠を防ぐ、自衛の手段にもなるということだ。

羞恥を押し殺し、この世界の未来のため、私は一生懸命に説明した。

将来魔王が復活し、罪なき人々が殺されるよりは、きっと、ずっといいだろう。

「正直に言って、賢者殿のかつての故郷よりも、社会が成熟していないこの国で、賢者殿の提案通りに法を改定し、実行することは難しいかもしれぬ」

国王陛下の言葉に、私は頭を下げる。私の言っていることは、所詮は綺麗事ばかりの素人の策だ。

今すぐに子供の労働を禁止してしまえば、一気に困窮する家もあるだろうし。

正直なところ、子供を働かせなければ食べていけないと言うのなら、やはりそこは社会が介入すべき問題であるとも思うが。

「――だが、できる限りのことはしよう。人間による神への挑戦だな」

国王陛下はそう言って、この難しい問題を請け負ってくれた
こうして持っている情報を全て提供した私たちは、国王陛下の前を辞した。

国王陛下は施政者としては優秀な方のようだから、きっとうまくやってくれるだろう。

私のような一般人が口を出せるのは、ここまでだ。

そして私とアウグスト様は、王宮内に与えられた部屋へと戻る。

相変わらずの豪華絢爛なお部屋である。正直言って落ち着かない。

長椅子に座ると、当然のようにその隣にアウグスト様がどさりと勢いよく腰を下ろした。

肩を引き寄せられ、そっと口付けられる。ふわりと優しい感触に日常が戻ってきた気がした。

　このところずっと忙しくバタバタしていて、こうして二人きりになる時間がほとんどなかったのだ。

「やっと終わった感じがしますねえ」

「ああ、そうだな」

「……疲れましたねえ」

「お茶でも淹れるか？」

「わあ！　ぜひ！」

　最近アウグスト様は手ずからお茶を淹れてくれる。最初は驚き恐縮したものの、今では図々しく淹れてもらっている。

　元々器用なこともあって、これが意外に美味しいのだ。

　まさか、彼にこんな才能があるとは知らなかった。やはり色々とやらせてみるものである。

「いやあ、それにしても本当に世界を救うなんてベタなことを、よく頑張りましたよね。私たち」

　随分と大それたことをしてしまった。いまだにちょっと信じられない。

　アウグスト様の淹れてくれたお茶で指先を温めつつ、私は深い息を吐く。

「ちなみに我がラウアヴァータ家は、勇者を輩出し国を救ったとして新たに領地を与えられ、伯爵位を叙爵されるらしい。つまりカティアは伯爵夫人となるわけだな」

「いやあ、出世しましたねえ。重いですねえ。逃げたいで……いえ、なんでもないです」

そんな怖い目で見ないでほしい。冗談です。半分くらい。

「それにしても、アウグスト様は本当に私でいいんですか?」

世界を救った勇者ともなれば、その妻になりたい高貴な上に美人な女性がわんさかいるわけで。

なんでも王女殿下もアウグスト様のことを憎からず思っているらしいし。

「王女殿下は、まだ八歳だが」

「いやあ、幼妻って響きがいいですよね……。だから冗談ですって。そんな怖い目で見ないでください」

流石にムッとしてしまったアウグスト様に、私は誤魔化すように笑う。

「こう、やっぱり釣り合ってない気がしてしまうんですよ」

元賢者といっても、私は所詮一般人なわけで。貴族ですらないわけで。

「お前じゃなきゃいやだ」

「おおう……」

けれどアウグスト様は私を真っ直ぐに見つめて、躊躇(ためら)いなくそう言ってくれた。

何やら未だにこうして真っ直ぐに伝えられる想いに、慣れない。

アウグスト様ときたら、一度事故的に私に想いを伝えてしまってからというもの、あっさり伝えられるようになってしまったらしい。

多分一度やってみたら、思ったよりも全然大したことじゃないと気付いたんだろう。

けれどもこれがまた本当に心臓に悪いんです。慣れてなくて毎回身悶えしてしまうんです。

「愛している。カティア」

「ひえええ……」

しかも照れて動揺する私が楽しいらしく、アウグスト様はこれまでとは一転して、しつこいくらいに私に想いを伝えてくるようになった。

嬉しいんだけど、恥ずかしくて。本当にすっかり立場が入れ替わってしまった気がする。

私の真っ赤な顔を、にやにやと楽しそうに見ている。

残念ながら、彼の嗜虐的なところはやはり変わっていないらしい。

むしろ素直になった分、悪化しちゃいないだろうか。

ちゃんと想いを伝え返さなければ、と思うのだが、どうにもそれの難易度が上がっている気がする。

あーとかうーとか私が呻いていると、焦れた様子のアウグスト様が、ひょいっと私を抱き上げて寝台に運んで行った。

私は持ち運びが楽なコンパクトサイズなので、すぐにアウグスト様はこんなふうに抱えて運ぶ。

すっかり手荷物扱いで、誠に遺憾である。

ちゃんと自分で歩けると毎回文句を言っているのだが、どうしても彼は私を抱っこして運びたいらしい。

最初は恥ずかしかったのだが、しょっちゅう運ばれているせいで慣れてしまった。

寝台に私を下ろし、その上にアウグスト様が覆い被さってくる。

「あああアウグスト様⁉」

まだ明るいと言うのに、アウグスト様は相変わらず性欲旺盛である。なぜ夜まで待てないのだろうか。

「ちょっと待って……」

「……ところでカティア。お前ずっと、さっき言っていた避妊魔法をこっそり使っていたな？」

アウグスト様が私の上で、私の言葉を遮ってそんなことを言った。

嗜虐的な笑みは標準装備である。私の背筋に冷たいものが走る。

「……あはは」

しまった。ドヤ顔で国王陛下に避妊魔法について説明している場合ではなかった。

そう、彼らの旅についていくために、私はずっと自らに構築した避妊魔法を使用していたのだ。

一方アウグスト様は私を妊娠させて旅から脱落させるためか、一切避妊をしていなかった。

「道理で、注いでも注いでも孕まないわけだよなあ」

「あははは……」

乾いた笑いが漏れる。これはまずい。何故なら私にはもう一切の魔力がないわけで。

もちろん避妊魔法も使えないわけで。

つまりこれはもう、孕ませ待ったなしではなかろうか。

「だがもう、今のカティアには一切の魔力がない。ということは、孕ませ放題だな」

「ひぃぃ……！」

やっぱりね！　私はか細い悲鳴を上げた。

先ほどバースコントロールがいかに重要かを話をしたばかりだというのに。

この勇者。孕ませる気満々だ。

「こういうのは非常に繊細な問題なんです！　夫婦間の話し合いが大切で……」

「……いやなのか？」

すると、さっきまでとは打って変わって、アウグスト様が不安げに言った。

「俺は、カティアとの子供が欲しい。ダメか」

その真摯な目に、私の意地はぽきりと折れる。やっぱり私は、今でも彼のおねだりに弱いのだ。

「……いやじゃないし、だめでもないです」

私は前世の職業からもわかるように、なんだかんだ言って子供が好きだった。

あの頃は不器用で、好きな気持ちを利用され、搾取された上に未来を潰してしまったけれど。

でもやっぱり、好きだと言う気持ちは変わらなくて。

そして、前世からずっと、家族が欲しかった。

与えられた家族には、前世も今世も恵まれなかったけれど。

せめて、自分で選べる家族くらいは、幸せなものを作りたかった。

アウグスト様と一緒に、子供たちに囲まれながら生きるのは、幸せな気がする。

アウグスト様との子供は、可愛いに違いない。

それにこれ以上私に世話をかけないと誓ったアウグスト様は、驚くべきことに、これまでの日々は一体なんだったのかと思うくらいに、本当に全く手がかからなくなってしまった。

私に何かを無理強いすることもないし、何かあれば、こうしてちゃんと事前に許可をとってくれる。

どうやら私に逃げられることが、相当怖いらしい。

前回の私の逃亡がトラウマになってしまったようだ。

これなら育児も頑張ってくれそうだ。

さらにいざとなれば、私の背後にはこの国の王家と騎士団と神殿と魔術師団がついている。

もし彼が何かやらかせば、彼らが全力で私の逃亡をバックアップしてくれることだろう。

ありがとうみんな!　アウグスト様の抑止力たち!

未来はまだわからないけれど、人は変わろうと思えば変われるものだなあと、しみじみしている。

けれど、困ったことに、私はむしろ人の世話をしたい人間だったようで。

全身でのしかかられると潰れてしまうけれど、全く頼られないのもまた寂しいという、なかなかに面倒な性質であるらしい。

そのため、思いの外しっかりしてしまったアウグスト様に、ちょっと物足りなさを感じる日々なのである。

だからきっと子供が生まれたら、私はきっとこれでもかと可愛がってしまうだろう。

そんなことを私が考えている間にも、アウグスト様がせっせと私の衣装を脱がしている。

この複雑怪奇なドレスすら、さくさくと脱がしてしまうのだから、本当に手先が器用である。

その才能を、ぜひ他のことに使ってくれとも思うが。

気がついたらコルセットだけにされており、それらもするすると紐を外されてしまい、ドロワースもあっさり抜き取られてしまい、私はあっという間に生まれたままの姿になっていた。

アウグスト様は私のその姿を、目を細めて見つめる。

「……ああ、本当に綺麗だ」

そして、恍惚とした口調でそう言った。今なら、真実そう思っているのだと信じられる。

「初めてカティアの体を見た時も、そう思った」

「小さいって文句言われましたけどね……」

「あの日の自分を殴りに行きたい。こんなに可愛いのに」

「ひゃあ！」

いきなりちゅうっと音を立てて先端を吸われて、私は飛び上がってしまう。絶対にわざとだ。

「……ちなみに揉んだところで大きくはなりませんし、小さいから感度がいいわけでもありません。残念ながら全て迷信です」

「確かに揉んでも胸は大きくならなかったが、十分敏感だろう？」

そう言って彼は指先で私の胸の頂を弾いた。それだけで腰から力が抜けてしまう。

それから唇が下りてきて、私の唇を塞ぐ。アウグスト様はキスが好きだ。放っておくといつまでも私の唇を吸っている。

その間にも彼の手は、私の小さな胸を甚振り続けている。

優しく集めるように揉み上げられたり、指先で、色づいた周辺をクルクルとなぞられたり。

柔らかな快感が、少しずつ私の中に溜まっていく。

「ん……ふ、うう……」

じくじくと甘い疼きが下腹に溜まっていって、私は思わず両膝をすり合わせてしまう。

こうして彼に触れられるのは、パーティから外されて以来だ。

下半身でモノを考えるなと、ミルヴァ姐さんに叱られたのが大層堪えたらしく、仲直りしてもすぐには手を出してこようとはしなかった。

だから私も、実は飢えていたのかもしれない。

私が身動きするたびに、卑猥な濡れた音がする。

いいから早く触ってほしい。この疼きを助けてほしい。

「おねがい……、下も、触って……？」

口づけの合間にねだれば、アウグスト様は笑って指を伸ばし、そこに触れてくれる。

もう、意地悪はしないようだ。も、もちろん物足りないなんて思っていない。

興奮してふっくらとしたその割れ目に、彼の硬い指先が埋まる。

襞と襞のあいだをぬるりと動いて、やがて硬くしこった神経の塊へと至る。

優しくその表面を撫でられれば、わかりやすい快感に私の腰が震えた。

「あ、気持ちいい……」

思わずこぼした声に、アウグスト様が嬉しそうに笑う。

そして、その蕾をさすりながら、蜜をこぼす入り口にも指が入り込んで来る。

中を混ぜられれば、またしてもぐちゅぐちゅとはしたない水音がして。

「すごい濡れてるぞ。そんなに欲しかったのか？」

前言撤回、やはり嗜虐的な傾向は変わっていないようである。

「だって、久しぶり……だから……」

ずっと、こうしたかったの。

小さな声で耳元で伝えれば、アウグスト様がこくりと喉を鳴らしながら唾液を嚥下した。

「無理。もう無理」

そして何かが臨界を迎えてしまったらしい。大丈夫だろうか。

「挿れても、いいか？」

余裕のない声で、それでもちゃんと許可を求めるその声に。

私は小さく頷いてやる。私自身、とにかくもう彼と繋がりたくて仕方がなかった。

アウグスト様はそれを受けて、私の中から指を引き抜くと、性急に繋がってきた。

「ひ、あ、ああああっ!」

私の中を大きく押し広げながら、アウグスト様が入ってくる。

久しぶりだというのにあまり慣らされないままで、彼を受け入れたから、圧迫感が酷い。

「はあ、ああ、あああ」

うまく呼吸ができない。お腹がいっぱいだ。そもそも私とアウグスト様では体の規格からして違うのだ。

――それなのに。涙で滲む視界に映る、余裕のない必死な彼が、可愛くて仕方がない。

「アウグスト様……」

「カティア……好きだ……愛してる」

こんなふうに、愛を囁かれながら繋がるのは初めてで。いつもより敏感になっている気がする。

体をびくつかせながら、彼の全てを呑み込んだ後、ぐりっと最奥を抉られて。

「――――っ‼」

私は声を上げられないくらいに、深く絶頂した。

「すごいな。絞りあげられてるみたいに、ぎゅうぎゅう締め付けてくる」

私の耳元で荒い息を吐きながら、アウグスト様が伝えてくる。だからそんな報告はいらないのに。

恥ずかしさに、さらに内側に力がこもってしまう。するとアウグスト様が何かを堪えるように眉間に皺を寄せるので、笑ってしまった。

「動いていいか?」

そんなふうにちゃんと許可を取るようになった彼が、なんだかとても愛おしくて。

「ええ、動いて……」

言い切る前に、蜜口ギリギリまで引き抜かれ、そしてまた一気に最奥まで押し込まれた。

「きゃっ! や、あああっ!」

いまだ絶頂の途中で、脈動を続ける膣壁を激しく擦られて、私は高い声をあげた。

快感は、度を超えると苦痛だ。思わずアウグスト様の背中に爪を立ててしまう。

彼はそれを全く気にせず、そのまま私を激しく揺さぶった。

「も、だめ……! もっと、優しく……」

思わず泣きつけば、素直に緩やかな動きに変えてくれる。

安堵のため息を吐き、優しい快感に身を委ねていると、しばらくしてまた物足りなくなってくる。

――私は、一体どれだけ欲張りなのか。

「ねえ、アウグスト様は辛くはないですか?」

だからもっと激しく動いていいですよ、と遠回しなアピールをしてみたが、彼はニヤリと人の悪い笑みを浮かべるだけだ。

「いや、こういうゆっくりしたのもいいな」

もちろんそれはそれでいいんですけれど。ちょっと物足りないんです。

けれども自分の口からそれを伝えるのは、羞恥心が邪魔をして、いささか難易度が高い。

それでもアウグスト様はゆるゆると腰を動かすだけで、私の奥を突いてはくれない。

これはもう、絶対にわざとである。私は泣きそうになった。

「アウグストさま……辛いの。いじわる、しないで」

うるうると上目遣いで訴えれば、彼は眉間に皺を寄せ、私をきつく抱きしめてその耳元で深く息を吐いた。

「いきなり可愛いことを言うな。うっかり出そうになっただろうが」

それについては明らかに私は悪くない。いじめる彼が悪いのだ。

「そろそろ俺も、限界だな……」

アウグスト様はそう言って、それまでの動きから一転、また激しく私を穿った。

「ひあああっ!」

それまで中途半端な快楽を与えられて疼いていた私の中が悦(よろこ)んで、一気に飽和する。

助けを求めてアウグスト様に強くしがみつけば、彼はまた数度激しく私を苛み、そしてその再奥に欲望を注ぎ込んだ。

「カティア……」

達した彼の口からこぼれ落ちたのは、艶やかな溜め息と私の名前。

繋がった部分が激しく脈動する。それは私のものか、それとも彼のものか。

「ふっ……あ」

その全てを出し切るかのように、彼が私の中で己を数度扱く。私はそれだけでまたビクビクと腰を震わせてしまった。

力を失った彼の体が、私の上へとゆっくり落ちてくる。互いの汗ばんだ肌が貼り付いて、このまま一つになってしまいそうだ。それはそれで、幸せかもしれない。

額を突き合わせ、鼻先を擦り合わせ、それから唇を触れ合わせる。

——愛おしい、と思う。それ以外にこの感情の名前が思い浮かばない。

しばらくしてようやく呼吸が整って、二人でもう一度強く抱きしめあってからその体を離す。

私の中から彼がずるりと出ていって、不思議な喪失感に苛まれる。

まあ、実際にそのまま挿れっぱなしにされても困るのだけれど。

久しぶりの行為に、すでに私の太ももの筋肉が悲鳴を上げている。

間違いなく明日、私の全身は筋肉痛に襲われることだろう。

肩を抱き寄せられ、私は軽く転がって、彼の胸に抱き込まれる。

平均よりも何もかもが小さいこの体を、疎んだこともあったけれど。

こうしてアウグスト様にすっぽりと包み込んでもらえるから、最近は嫌いじゃない。

「明日、ラウアヴァータに帰るか。転移魔法ならすぐだ」

彼の提案に、私は目を輝かせた。

パーティメンバーたちや国王は私たちを王都に留めておきたいようだが、私とアウグスト様の願いはずっと変わらない。

私たちは、生まれ育った街に帰りたくて仕方がなかったのだ。

「流石に無断で帰ると怒られそうなので、一応挨拶しましょうね」

はい、そこ。面倒臭そうな顔しない。私は手を伸ばし、アウグスト様の眉間の皺を指の腹でぐりぐりと触って伸ばした。ちょっと拗ねてる顔が可愛い。

引き止められるだろうけど、お世話になったんだから、やっぱりそれはマナーだ。

人間関係の基本は守りましょう。そう言えば、アウグスト様は渋々ながらも頷いた。

「そうだ。どうせなら魔力を無駄遣いしないで、ゆっくり馬で帰るのはどうですか？」

なんだかんだいって、二人で旅した日々も楽しかった。今では良い思い出だ
魔物がいなくなった世界の風景を楽しみながら、ゆっくりと家路に着くのも悪くない。

「ここはひとつ新婚旅行ということで！」

まだ結婚式こそあげていないけれど、もうここまできたら、私はほぼ妻と言って問題ないだろう。

少なくともアウグスト様は、周囲に対し徹底的に私を妻として扱った。

魔王討伐後、すぐは縁談が引きも切らずに来ていたらしいのだが、彼のその既婚者ムーブに今ではほとんど来なくなってしまったらしい。

まあ、この人離れている間も、私のことを勝手に妻呼ばわりしていましたけど。

「一緒に行きましょう?」

いつものようにベタな上目遣いで、高めの声でお願いをする。

もし子供ができたら、私は自分の手で育てる気満々なので、なかなか旅行にもいけなくなってしまうだろう。だからできるなら、二人で色々なところを寄り道しながら、帰りたい。

だけどアウグスト様は頷いてくれない。ここ最近はこれまでの罪悪感からか、私の言うことを二つ返事で聞いてくれていたのだが。こんなに頑(かたく)なな彼も珍しい。

「旅行はダメですか……?」

私がしつこくもう一度お願いしてみると、アウグスト様は、ようやく口を開いた。

「……これ以上結婚式の日程を伸ばしたくない」

そう言って、アウグスト様は拗ねたように小さく唇を尖らせた。

「カティアと正式に結婚をしたい。一刻でも早く。旅行はその後じゃだめか?」

どうやら結婚をしたがっているのは自分だけのように感じてしまって、拗ねているらしい。

私としてはもう実質妻のようなものだから、いつでも良いかなどと思ってしまっていたのだが。

「俺は、正しくカティアと夫婦になりたい」

率直な言葉だ。私を逃したくないと、全身全霊で言っている。

アウグスト様が可愛くて、愛しくて、たまらない。

その金色の頭をこねくり回したくて仕方がない。

「……わがままを言って悪いな」

うずうずしている私に、アウグスト様が殊勝に詫びてくる。

ああ、ずいぶん遠くまで来たものだと感慨深くなる。

まさか、些細なことも素直に謝れるアウグスト様が、見られる日が来るなんて。

魔王討伐前の私が見たら、きっと、度肝を抜かれることだろう。

「えー。こんなの全然わがままに入りませんよ。昔の坊ちゃまに比べたら」

私が揶揄うように言ったら、アウグスト様は苦虫を噛み潰したような顔をした。きっと今頃脳内で、一人反省会でもしているのだろう。

ずっと彼は口には出せないだけで、ずっと私に罪の意識は持っていたのだから。

アウグスト様は、本当に良い意味で口だけの男だった。

つまりその悪いお口さえなければ、私は彼に特に不満はなかったのだ。

「それならすぐに帰りましょうか。だって旦那様が気合いを入れて準備してくださっているはずですもんね」

婚礼衣装は任せてほしいと、アウグスト様の雰囲気を優しくして時間を重ねたような顔を綻ばせた、旦那様を思い出す。

何年も延期になってしまっていたのだ。確かに彼を早く安心させてあげたい。

たまにはちゃんと順序を守って、結婚式の後に新婚旅行でもいいだろう。

「私も早くアウグスト様と結婚したいです。……愛しているので」

羞恥を押し殺して、彼に抱きつきながらそう言えば。

「……確かにこれは照れるな」

アウグスト様は耳を赤くしながらも、幸せそうに笑った。

あとがき

初めまして、こんにちは。クレインと申します
この度は拙作『コンティニューは3回までです！　パーティを追放されたけど、伝説の勇者に溺愛されている賢者なので後方支援します』をお手に取っていただきありがとうございます。

今回担当様より異世界ファンタジーの依頼を受け「パーティ追放モノとか、ループモノとか、転生モノとかはどうでしょうか？」とご提案いただいたので、パーティから追放されてループして異世界転生するお話を書くことにしました。

こうして何かしらのお題をいただいて、それを元に妄想を広げることが、とても好きです。

子供の頃からゲームはＲＰＧばかりやって生きてきた人間なので、今回、勇者パーティが書けてとても楽しかったです。

私は元々ヒロインがヒーローを良い男に育てるお話が大好きで、自分でもよく書くのですが、たまにはちょっと育成に失敗したバージョンを書いてみようかと思い立ち、アウグストとカティアが生まれました。

久しぶりにちょっとクズっぽいヒーローが書けて、満足です。

ただ真性のクズだと作中で隕石を落としたくなるので、良心的なクズレベルとなっております。

クズ男の更生から至る復縁モノでしか摂れない栄養素ってありますよね！　多分！

そんな感じで、色々と詰め込んだ作品となりました。楽しんでいただけますと幸いです！

さて最後になりますが、いつものようにこの作品に尽力してくださった皆様へお礼を述べさせてください。

可愛いカティアと格好良いアウグストを描いてくださった旭炬先生。本当にありがとうございます！　もうキャララフを頂いた時点で胸のときめきが止まりませんでした！

担当様、今回も多大なるご迷惑をおかけいたしました。いつもありがとうございます！

今回の執筆期間中、うっかり長期出張に行ってしまった夫。毎晩遠地で愚痴を聞いてくれてありがとう！　ワンオペ執筆で本当に死ぬかと思いました……存在の偉大さを思い知りました……。

最後にこの作品にお付き合いくださった皆様に、心より感謝申し上げます。

この作品を読んで、少しでも笑ってくださったのなら、こんなにも嬉しいことはありません。

ありがとうございました！

クレイン

蜜猫 novels をお買い上げいただきありがとうございます。
この作品を読んでのご意見・ご感想をお聞かせください。
あて先は下記の通りです。

〒102-0075　東京都千代田区三番町 8 番地 1　三番町東急ビル 6F
(株)竹書房　蜜猫 novels 編集部
クレイン先生 / 旭炬先生

コンティニューは３回までです！ パーティを追放されたけど、伝説の勇者に溺愛されている賢者なので後方支援します

2021 年 11 月 17 日　初版第 1 刷発行

著　者　クレイン　©CRANE 2021

発行者　後藤明信

発行所　株式会社竹書房
〒102-0075 東京都千代田区三番町 8 番地 1
三番町東急ビル 6F
email : info@takeshobo.co.jp

デザイン　antenna

印刷所　中央精版印刷株式会社